バチカン奇跡調査官
闇の黄金

藤木 稟

角川ホラー文庫
16701

目次

プロローグ　首切り道化師《ピエロ》

1

一九七八年　トスカーナ地方の小さな村　モンテにて

　ドメニカとアントーニオ、そしてテレーザとカルロはこの小さな山間《やまあい》の村に住む、仲の良い若いカップルだった。四人はハイスクールからの同級生で、互いに婚約中である。

　ドメニカの相手のアントーニオは小学校の教師で、収入も将来も安定している。そしてなにより、とても優しい。小さなことでくよくよ思い悩むたちのドメニカのことをいつも勇気づけてくれる存在だ。

　来月に結婚を控え、夫として願ってもない相手であった。

　幸せ一杯で過ごしていた日々であったが、この日、ドメニカは朝から気分が優れなかった。

　それというのも、今宵《こよい》、アントーニオと、怖い物知らずのカルロの提案で、ちょっとした冒険をすることになっていたからだ。

冒険の内容は、村でおそれられている『首切り道化師』の森を真夜中に探索しようというものであった。

これは村の放送局でカメラマンをしているカルロが言い始めたことらしいが、昔から、その森には大鎌を持った道化師がさまよっていて、鎌で切られた死人が続出したという恐ろしい噂のある森であったので、ドメニカは気乗りしていなかったのである。

だが、アントーニオとカルロ、そして気丈で活発なテレーザは、ちょっとしたホラー気分を味わえると、楽しんでいる様子だ。

四人はアントーニオの車に乗って、森に向かっていた。

夜空は不吉な満月で、月の周辺には赤紫色の帳《とばり》が降りていた。その中に、ハンカチーフをたなびかせるようにしてひとひらの赤い血のような色が見受けられる。

湿度は高く、じめっとしていた。

カルロは早くも森の手前でカメラを回し始めた。

「さて、これから『首切り道化師』の森へいくところだ。うまく道化師の姿を捕らえられたら成功ということ。そうしたらテレビでこの映像を流すから楽しみにしていてくれ」

どうやらカルロはネタをつかんでテレビで放送することが野望らしい。

四人を乗せた車は、通りすがる車もない道を猛スピードで走り、森への入り口にたどり着いた。

森の黒々とした影が怪獣の大群のように押し迫っている。

ドメニカは、ごくりと唾《つば》を呑《の》んだ。

「さて、電灯をつけて車を降りよう」

アントーニオが言った。

カルロは被《かぶ》っていた電灯つきのヘルメットの明かりをつけ、あとの三人は手にした懐中電灯のスイッチを押した。

そしてゆっくりと森の中へと入っていったのである。

道は道といえぬほど細く、まるで獣道であった。夜風が吹いて、森中の木々が、がさがさと葉音を立てている。

時々、カエルが鳴くような声、野犬か何かが近くを走り抜けるような、ざざっという足音、そうした夜の音がドメニカの心臓をいちいち凍らせるのであった。

「怖いわ。やっぱり帰りましょうよ」

ドメニカは震える声で言った。

「何言ってるんだい。今からが本番じゃないか。大丈夫。僕がついているんだ安心して」

アントーニオがドメニカの肩を抱いた。

「そうそう、俺様は絶対に道化師を捕まえるつもりだ」

先頭に立って、森の様子や三人の動きを撮影しているカルロが笑った。

カルロは昔から村でもちょっとした喧嘩《けんか》の強い無頼者として誰もが知る存在だ。

「頼もしいわね。大丈夫よドメニカ。何かが襲ってきてもカルロが退治してくれるから。

彼って、空手のマスターなのよ」

後ろからテレーザの声が聞こえた。

ドメニカは頷《うなず》き、仲間とともに鬱蒼《うっそう》と茂る木々の間を縫うようにして歩いた。

そうやって小一時間ほど歩いただろう。ことは特になにも起きなかった。

「少し休みましょう。喉《のど》が渇いたわ」

テレーザが言い出した。

「そうだな。少し休もう。位置確認もしないとね」

アントーニオは同意して、木々の間の少し開けたところに向かっていくと、リュックを下ろし、その中からビニールシートを取りだして敷いた。

そしてその辺りに積もっている落ち葉や枯れ木をかき集め、着火器で火をつける。

赤々とした明かりが燃え上がり、あとの三人もその周りに腰を下ろす。

そうするとアントーニオはリュックの中から四本の缶ビールを取りだした。

「まずはドメニカ。これで緊張を解《と》くといいよ」

ドメニカはビールを受け取った。

テレーザとカルロもビールを受け取る。

「今宵の『首切り道化師の探索会』に乾杯だ」

アントーニオが音頭を取り、四人は缶の蓋《ふた》を開けて乾杯をした。そしてみんなで飲み始めた。

飲みながらアントーニオは万歩計と方位磁石を見くらべ、地図を広げている。

「多分、今、僕らはこの辺りだ。もう少し西にいくと『首切り道化師』の根城と見られる『あっちっちの井戸』があるはずだ」

「いよいよ道化師とご対面かしら」

テレーザはわくわくしている様子だ。

ドメニカは、自分は怖くて仕方ないのに、みなが何故こんなに楽しそうに興奮しているのか分からなかった。

カルロは飲みながらカメラでドメニカの表情を捕らえていた。

「気分を盛り上げるために、みんながよく知っている昔話をしよう」

カルロはそう言うと、村に伝わる忌まわしい話を語り始めた。

「昔、昔、村にはまだらの服を着て、赤い帽子を被った道化師がいた。立派な服こそ着ていたが、道化師があまりに小男で醜かったので、村人はいつも彼のことを蔑《さげす》み、笑っていた。時々、牛をけしかけて、道化師を角でつかせるという悪ふざけをすることもあった。だが実は、その道化師の正体はかつてソロモン王に仕えた悪魔だったのだ。ある年、カラスの大群が村にやってきた。カラス達は村で実る農作物をことごとく食べてしまうので、このままでは飢饉《ききん》になるだろうとおそれられた。その時、道化師がカラスを退治すると名乗り出た。そのかわり、と彼は言った。『私が見事にカラスを退治できたらば、村中の人間が私の靴をなめなさい。そう約束するならば、カラスを退治しましょう』。村人達は困り果てていたので、道化師の言い分を聞くと約束した。すると道化師は村で一番高い木の上にするすると登っていき、ソロモンの角笛を吹き鳴らした。するとカラス達がどんどんと村から出て行ってしまうではないか。カラス達は角笛の音を、神の声だと思って、おそれて去っていったのである。カラスをすっかり退治した道化師だが、村人はいざとなると、彼の靴をなめることをしなかった。誰もが、『お前のような道化師の靴をなめるなんて、恥さらしなことができるものか』と口々に言ったのである。道化師はただ一言、『約束を破ったらどのようなことになるか思い知るがいい』と言い残して去っていった。村人たちは誰一人、道化師の言うことなど気にしなかったが、翌日、目覚めてみると村中の家から子供がいなくなっていた。それで村は大騒ぎになった。そんなところに二人の子供が村に戻ってきた。一人は足の悪い子供で、もう一人は目の見えない子供だった。村人が二人に他の子供達がどこにいったかと聞くと、足の悪い子供が答えた。『道化師に、あっちっちの井戸に連れていかれたよ。友達は井戸の中に入ったきり、出てこなかったんだ』。そこで村人達はあっちっちの井戸へと駆けつけた。一人の勇気のある力自慢の男が、井戸の中に降りてみた。しかしそこには子供の姿は一人もなくて、井戸の奥は塞《ふさ》がれていた。代わりに大きな鎌を手にした道化師が立っていた。そして男の姿をみるやいなや大鎌で、男の首を切り落としてしまった。それを見ていた村人達は恐れをなし、二度と、井戸には近寄らなかった。そして子供達も帰ってくることはなかった」

カルロが話し終わった時、ドメニカは奇妙な声を聞きつけた。

誰かの笑い声だ。

ざっと脊髄《せきずい》をふるえが走る。

「待って、今、笑い声がしなかった？」

アントーニオ、テレーザ、カルロは不思議そうな顔をした。

「いや、何も聞こえていないよ。気のせいだろう？」

アントーニオが言った。

「おいおい、ただのおとぎ話だよ」

カルロが笑った。

「そうよ。ドメニカったら、恐がりね」

そう言われてしまったが、ドメニカは辺りの空気が急に違う物のようになったのを感じていた。何かが変だ。空気の流れ、風の音、森の匂いが微妙に変化している。

「じゃあ、みんなで悪魔を呼ぶ例の歌を歌おうじゃないか」

カルロが手拍子を始めた。

ドメニカ以外の全員が歌い出した。

ハロス。ハロス。ハロス。

村の森には、あっちっちの家がある。

あっちっちの家には火を消すお井戸。

けれどもお井戸の底では、大釜《おおがま》がぐっらぐらっ。

悪魔が番するお釜が、ぐっらぐらっ。

気をつけろ。

気をつけろ。

ハロス。ハロス。ハロス。

お釜をこぼすと悪魔が怒る。

怒って首を狩りに来る。

お釜をこーぼした。

お釜をこーぼした。

悪魔よ出てこいここに来い。

ハロス。ハロス。ハロス。


「さて、ビールも空いたし、そろそろ出発しようか」

アントーニオが立ち上がった。そして几帳面なアントーニオは、のみ終えたビールの空き缶をビニールシートに包んで、木の根元に置いた。

「深い森だからはぐれないように。道が狭いから一列になって、前にいる者とくっついて歩くんだ」

先頭はカルロだった。

「君はカルロの後ろを歩くといいよ。僕が後ろにいたほうが安心だろう？」

そう言われてドメニカはカルロの後ろに続いた。そしてアントーニオ、最後がテレーザになった。

確かに、男のカルロとアントーニオに挟まれているのは心強い。

それにしてもテレーザは平気なのかしら？

ドメニカはテレーザの気丈さに改めて驚いていた。

歩いていると、時々、妙な気配を感じた。

何か怪しげな亡霊のようなものが、森の木陰をぴょんぴょんと飛び跳ねているような気がする。

ドメニカの心は不安と恐怖で一杯だった。

そうやって、びくびくしながら歩いていた時だ。

「ちょっと待てよ。木の根っこのところに何かあるぞ」

カルロがそう言ってひざまずいた。

すかさずアントーニオが木の根元に懐中電灯を当てる。

確かに、木の根元の草むらの陰から、白いものがのぞいていた。

「なんだろう？」

カルロが草むらをかき分け、その白い物を手に取った。その周りには粘土のようなものがこびりついている。

カルロは粘土を丹念に指で削《そ》ぎ落としていった。その作業が途中まで進み、白い塊の全体像が分かってきたとき、皆は息を呑《の》んだ。明らかに頭蓋骨《ずがいこつ》だと分かったからだ。

「どう見ても人間の骨だな」

アントーニオが小さく咳《せ》き込みながら言った。

ドメニカは小さな悲鳴を上げて、アントーニオの腕にぎゅっとしがみついた。

「こんなところに人間の頭蓋骨が……。どうして？」

テレーザが顔を突き出し、頭蓋骨を凝視した。

「なんでかなんて、決まっているだろう。首切り道化師の仕業に違いない」

カルロは興奮気味に答えた。

「つまり、誰かがここで首を切られたということなの？」

ドメニカは蚊の鳴くような声で訊《たず》ねた。

「そうかもしれない。とにかくこれは証拠Aだ」

カルロは頭蓋骨をなめるようにカメラで撮ると、背負っていたリュックの中に入れた。

「もう嫌よ。わたし帰りたい」

ドメニカは涙が溢《あふ》れそうなのをこらえた。

「これからじゃないか」

カルロが顔をしかめた。

「もう少しだよ。頑張ろう。みんなもっと井戸の近くに行きたいんだ。一人で帰るなんて出来ないだろう？」

アントーニオが言った。

仕方がなかった。ドメニカは、どきどきしながら一行とともに歩み続けた。

森は一歩踏み出すごとに異様な気配をましていくような気がする。

おおおーん。

突然、角笛のような音が響いた。ドメニカの心臓は止まりそうになった。冷や汗が額を伝う。

「今のはなんだ？」

カルロがカメラを三百六十度回転させながら、辺りを窺《うかが》った。そして驚いた声で叫んだ。

「テレーザがいない！」

「なんだって？」

アントーニオとドメニカは後ろを振り向いた。確かにさっきまでそこにいたはずのテレーザの姿が消えている。

「本当だ。迷ったのか？」

アントーニオも血相を変えた。ドメニカは激しく動揺した。さっきの骸骨《がいこつ》のこともある。

何か恐ろしい事態がテレーザを襲ったのかもしれない。

「とりあえず彼女を捜そう」

カルロが真剣な顔で言った。

「来た道を戻ってみるか？」

アントーニオは後ろを指さした。

「そうしよう」

カルロが先頭に立った。

「君は危険だから真ん中だよ」

アントーニオはドメニカに真ん中にいるように指示した。

「おおーい。テレーザ！　テレーザ！　どこだー！」

カルロは大声で叫びながら、早足で歩いていった。ドメニカはその足に必死でついていった。

森が生き物のように、うねうねと波打っている。ドメニカは恐ろしくて仕方がなかった。

どんどんと歩いていたカルロがいきなり立ち止まった。

「道に迷ったみたいだ」

「え？」

「こんなものは来た道には無かっただろう？」

カルロのヘルメットの明かりの先に不気味なオブジェが立っていた。

それは木の枝を寄せ集めて作られた鳥の羽根がぶらさがった沢山の十字架であり、石積みがあり、周りには骨らしきものが散らばっていた。そして白い大きな石があった。そうした石の表面には、赤い文字や数字、そして目玉のようなものが描かれている。

ドメニカはそれが禍々《まがまが》しい呪《まじな》いの品物だと直感した。


おおおーん。


再び角笛の音がどこからともなく響いた。

「まただ！」

カルロの息づかいが荒くなった。ドメニカの意識は一瞬遠くにいった。

ふらふらする視界で辺りを見回してみる。カルロの顔がゆがんで見えた。

そう……カルロの顔だけが……。

「アントーニオ、アントーニオ、どこなの？」

ドメニカは掠《かす》れる声で叫んだ。

「アントーニオがいない！」

カルロが言った。

まさか、アントーニオまで？

ドメニカの血は凍り付いた。

「二人ともいなくなるなんて、変だ。森から出て、捜索隊を呼ぼう」

ドメニカの手をカルロがしっかりと摑《つか》んだ。

「多分、こっちのはずなんだが……」

カルロはぶつぶつと言いながら、歩いていた。時折、ドメニカを振り返り、辺りを見回しては怪しげな顔をする。

「大丈夫？　カルロ」

不安で一杯のドメニカは訊ねるが、カルロは緊迫した顔で、目をきょろきょろさせるばかりだ。

それがいっそう、ドメニカの神経をぴりぴりさせた。

そうやって二人は暫《しばら》く森の中を彷徨《さまよ》った。

「完全に迷っている……ん？　あれはなんだ？」

カルロはそう言うと、少し歩をゆるめて前進した。

「何なの？」

ドメニカはガタガタと震えながらカルロの背中にくっついていた。

「井戸みたいだ。もしかしてあれが『あっちっちの井戸』かもしれない……」

ドメニカはカルロの背中越しに前を見た。

暗がりの中に、電灯で照らされた石組みの何かがあった。

二人はそろそろと、近づいていく。

確かに側に行くと、それは直径一メートルくらいの古い井戸の跡のようであった。

カルロは中を覗《のぞ》き込んだ。

「水はかれているみたいだ。かなり深くて奥までは見えないな……」

そうカルロが呟《つぶや》いた時だった。

ドメニカの視界に異様なものが映った。

暗闇に浮かび上がった真っ白な人の顔である。大きく赤く塗られた唇と、鼻。

それが幽霊みたいに近づいてきたのだ。

ドメニカは、ぞうっとして、叫ぼうとしたが、口がこわばって声が出なかった。

「ん？　どうしたんだいドメニカ」

カルロはそう言って、ドメニカを見た。ドメニカはなんとか異常を知らせようと、のどの奥から声にならない掠れた音をふり絞りながら、白塗りの顔を指さした。

そいつはもうカルロのすぐ真後ろまで迫っていた。

カルロが不思議そうに振り返る。

その途端、暗闇に、ぎらりと大きな鎌が光った。

鎌が、ずぶっと鈍い音を立ててカルロの首に刺さる。

めりめりと肉が裂かれる厭《いや》な音がした。

びゅーっと血飛沫《ちしぶき》が散って、ドメニカの顔に生温かい液体が降りかかる。

ドメニカは、がくがくと震えた。

ぐえっ、とカルロは奇妙な声を上げながら、足を折り、ずるずると地べたに倒れ込んだ。胴体から切り離されたカルロの首が、ころりとドメニカの足下に転がった。何故だかその顔はうすら笑いを浮かべている。

ぎゃー！

ついに、ドメニカは獣のような叫び声を上げた。内臓の中に溜《た》まった黒い物が爆発したような感じであった。ドメニカは悲鳴を何度も何度も上げた。白い顔が、ぷかぷかと浮かびながら暗闇の中に消えてしまっても、森にはドメニカの叫び声が響き渡っていた。

2

二〇一〇年　モンテ村

モンテ村は、深い緑の渓谷に囲まれ、一日の寒暖の差が大きな地域である。朝と夜はぐっと冷え込み、小川のせせらぎから霧が立ち上ることもあった。だが、昼になると日差しは強くなり、汗ばむほどだ。

村人の殆《ほと》んどは麦や果実を作る農業に従事している。地中海に面する一角では漁業を営んでいて、人家の集まる村の中央から外れると、小さな港が一つと畑ばかりである。

都会からはほど遠いこの小さな村では、毎日が退屈なくらい平和で同じ時間の繰り返しだ。都会のような事件は、ここ三十二年間起こったこともなく、人々は家に鍵《かぎ》をかけることもない、のんびりした暮らしをしていた。

最近の村人の心配事といったら、今年は例年よりカラスが多く飛来して、畑がよく荒らされることぐらいであった。

日曜日の礼拝の時――。

村にある最小限の商業活動――スーパーや、ホームセンター、ガソリンスタンドと理髪店、バー、そしてモーテルのある商店街は軒並みシャッターを下ろしていた。

敬虔《けいけん》なクリスチャンが多いモンテ村の教会の席は、人で一杯である。

それもそのはずで、昔からこの村の人々は祈りの場としてだけではなく、村全体の社交場として教会に集まり、情報交換をしたり、互いの無事を確認し合ってきたりしたからだ。

つい二百年ほど前までは教会自体が村の小学校を兼ねていた。

そういう経緯もあって、教会の聖歌隊は、小学校の少年合唱団が務めるのが慣例になっている。

少年期特有のクリスタルのように透明で細いハーモニーでもって、聖歌隊が賛美歌を二曲歌い上げた後、トロネス司祭はいつものように説法壇に立った。

人々の真剣な眼差《まなざ》しがトロネス司祭に注がれる。

今日、彼が用意していた説法は、『主への献身』であった。

「皆さん、今日は私たちが主とどのように接すればいいのかについてお話をしてみたいと思います。皆さんは、どのような時に主に祈りますか？　勿論《もちろん》、食事の前やミサの時の祈りは日常のことですが、その他には？」

小さな女の子が手を挙げた。

「クリスティーナ、話をしてみてごらんなさい」

トロネス司祭は柔らかなほほ笑みを浮かべて女の子を指さした。

「私は、この間、飼っている犬が病気になった時、病気が治りますようにってお祈りしました」

「そうですか、他にはどなたか？」

太った年配の男が立ち上がった。

「俺はおもに、賭《かけ》をするときにお願いするかな」

がははは、と男が笑うと、会場の人々もくすくすと笑っている。

そうやって数人の人々が、それぞれの祈りについて語った。

トロネス司祭は、逐一頷《うなず》きながら聞いていた。

「さて、色んな方が、色んな時に、様々なことを主に祈っています。私たちは様々な願い事を日々主に突きつけているわけですが、それが一方的なものにならないように注意をしなければなりません。例えば、あなた方は日々、主に孝行をしていますでしょうか？　主は私たちの御親であられます。親の言うことを聞かず、また親を喜ばせていない子供が、親におねだりばかりするようではなりません。『主への献身』こそが、もっとも大切なことなのです。かつてセム族の首長として神と最初の契約を結んだアブラハムは、最愛の一人子、イサクですら、主のお命じに従って、やきつくす捧《ささ》げ物として主に差し出そうとしました。このように自分のもっとも大切なものであっても、それを主のために差し出すことを惜しんではならないのです。マルコによる福音書の中で、次のようにしるされています。ある金持ちの男がイエスを慕ってやってきます。イエスは彼を見つめ慈しんで言われました。『あなたに欠けているものが一つあります。行って持っているものを売り払い、貧しい人々に施しなさい。そうすれば天に富を積むことになる。それから私に従いなさい』。その男はこの言葉に気を落とし、悲しみながら去っていきました。沢山の財産を持っていたからです。するとイエスは弟子たちを見回して言われました。『子たちよ、神の国に入るのは、なんと難しいことか。金持ちが神の国に入るよりも、らくだが針の穴を通る方がまだ易しい』。すると弟子たちは驚いて『それでは誰がすくわれるのだろうか』と互いに言い合いました。イエスは『人間にできることではないが、神にはできる。神は何でもできるからだ』と言われました。ペトロがイエスに『このとおり、わたしたちは何もかも捨ててあなたに従って参りました』と言い出しました。イエスは言われました。『はっきり言っておく。わたしのためまた福音のために、家、兄弟、姉妹、母、父、子供、畑を捨てた者は誰でも、今この世で、迫害も受けるが、家、兄弟、姉妹、母、子供、畑も百倍受け、後の世では永遠の命を受ける。しかし、先にいる多くの者が後になり、後にいる多くの者が先になる』と……」

そこまで話をした時、トロネス司祭は喉《のど》の渇きを覚えて、壇上に置いてあった水の入ったコップを手に取ろうとした。

ところが、コップに手を伸ばしたところで、何もしないのにコップが、すうっと壇の端から中央へと移動したのである。

トロネス司祭は、ぎょっとして体をこわばらせた。

コップの中の水は、ゆらゆらと波打っている。

教会内の村人達もしばし、きょとんとした顔をしていたが、その内、誰かが叫び始めた。

「イエス様が動いている！」

トロネス司祭はその声に自分の背後にある磔刑《たっけい》のキリスト像を振り返った。

確かにキリストが小刻みに体を動かしている。

トロネス司祭が、我が目を疑った瞬間である。

おおおーん。

突然、大きな角笛の音が、教会内の何処《どこ》からか響き渡った。

人々はざわざわと周囲を見渡し、そして天井を見上げた。

おおおーん。

再び角笛が鳴った。トロネス司祭は耳をそばだてた。音は何処からというのではなく、教会の空気の中からいきなり飛び出てきたかのようだ。

「皆さん、騒がず、お静かに。これは何かの主の啓示かもしれません」

トロネス司祭の言葉に、不思議な緊張感が教会に走った。

おおおーん。

おおおーん。

角笛の音は止むことなく、一定の間隔を保って教会を包み込んだ。

人々は恐れをなすと同時に、奇跡を見た。

教会の中に、虹《にじ》色の光が溢《あふ》れてきて、それが目がくらむばかりに広がっていくのだ。

「主が来られたのだわ！」

「ああ、天井にマリア様がいらっしゃる」

人々は口々に歓喜の声を上げ、ひざまずいて祈り出す者や、小躍りして飛び跳ねる者で一杯になった。

トロネス司祭も、目の前に虹がかかっているのを見た。

体が自然と震えだし、涙があふれ出る。


おおおーん。

おおおーん。


その間も角笛の音は鳴り続けた。

「おお、神よ。御手を私の額におきたまえ！」

トロネス司祭は両手を合わせた。

その時だ。ふと仰ぎ見た二階の席に、怪しい人影があった。

輝く光の粒子に邪魔をされて、その姿は朦朧《もうろう》としていたが、トロネス司祭はその人影が、赤い鍔《つば》広帽子を被《かぶ》り、まだらの服を着て、手に、ぞっとするほど大きな鎌を持っているのを確認したのである。

（首切り道化師……。　まさか……）

心臓がどくどくと物騒がしい音を立て始めた。

その人影は二階の席を移動して、階段を下りてきた。

そして、するりと歓喜にわいている人々の間をぐり抜け、戸口の方へと向かっていく。

トロネス司祭は思わず壇上から駆け下りて、外へと消えていく人影を追った。

そしてトロネス司祭は、はっきりと首切り道化師の姿を見た。

道化師は、にやにや笑いながら、まるでトロネス司祭が追ってくるのを待っていたかのように戸口の側に立っていた。

その顔は真っ白に塗られていて、人相のほどはよく分からない。

道化師はトロネス司祭を見るなり、大きな鎌を振り上げた。

しかし、トロネス司祭は、果敢に道化師に摑《つか》みかかった。

「誰かは知らないが、私はひるまないぞ。去れ！　忌まわしき者よ！　我が身は主に守られし身！　二度と我が前に姿を現すな！」

トロネス司祭は暫《しばら》く道化師ともみ合っていたが、いつの間にか摑んでいた道化師の手の感覚が消えている。

ふっと我に返ると、そこには誰もいなかった。

幻覚を見たのだろうか。

トロネス司祭は呆然《ぼうぜん》とした。いつの間にか角笛の音も止んでいる。

額にびっしょりと汗をかいていた。

トロネス司祭は十字を切り、震える声で悪魔祓《ばら》いの言葉を唱えた。

我、汝《なんじ》を祓う、
汝、最も下劣なる霊よ、全き亡霊よ、
我らが敵の具現化よ、
我その軍勢の全てを祓う。
イエス・キリストの御名によりて、
これなる神の被造物より出て去り行くべし。
神ご自身が汝に命ず、
汝らを天の高みより地の淵《ふち》へと
堕《お》としたまいける御方が汝に命ず、
海に風に命ずる御方が。
それゆえに聞きて恐れよ。
おおサタン、信仰の敵よ、人類に仇《あだ》なす者よ、
死を起こし、命を盗み、正義をこばむ者、
悪の根源、悪徳を焚《た》き付くる者、
人間を誘惑する者、妬《ねた》みを煽《あお》る者、
貪欲《どんよく》の源、不調和の因、悲嘆をもたらす者よ。
主なるキリストが
汝が力を挫《くじ》き給うことを知りながら、

何故に汝は立ちて逆らうや。
彼を恐れよ。
イサクとして犠牲になり、
ヨセフとして売られ、
子羊として屠《ほふ》られ、
人間として十字架にかかり、
その後に地獄に打ち勝ち給いたるかの御方を！
トロネス司祭の祈禱《きとう》を嘲《あざけ》るかのような笑い声が、どこからともなく響き渡った。
トロネス司祭は固く拳《こぶし》を握りしめ、唇を噛《か》んだ。
「笑うがいい。私は今度も負けはしない……」
教会の扉の向こうには、森の上空に黒々としたカラスの群れが雨雲のように見えていた。

第一章　不可思議な暗号

1

　バチカン市国はイタリア・テレベ川の右岸、モンテ・マリオの南端とジャニコロの丘の北端に位置する面積〇・四四平方キロメートル、人口千人以下、独自の行政・司法・財務機関を持つカソリックの独立国家である。

　世界最小の国家でありながら、国力としては国際社会に多大な影響力を持っている。なにしろバチカン市国——通称 Sedes Apostolica（法王庁）は、全世界に散らばるカソリック信徒十一億人強の信仰のよりどころであり、法王の呼びかけと発言は、アメリカ大統領選や国連の活動にまで影響するのだ。

　そこに『聖徒の座』と呼ばれる部署が存在する。バチカン中央行政機構の『九つの聖省』の内、列福、聖遺物認定などを行う『列聖省』に所属し、世界中から寄せられてくる『奇跡の申告』に対して、厳密な調査を行い、これを認めるかどうかを判断して、十八人の枢機卿《すうききよう》からなる奇跡調査委員会にレポートを提出する部署である。

　基本的にそこに勤めている者は、元来、科学者や医学者、歴史家などの各専門家であるが、バチカンに勤めることによって自動的に誓いを立て聖職者となる。勿論《もちろん》、もともとの聖職者が、バチカンの奨学金を受けて大学に通い、博士号を取ってから『聖徒の座』に配属される場合もある。

『聖徒の座』に勤務してから三年半になる優秀な科学博士、平賀《ひらが》・ヨゼフ・庚《こう》神父は前者であった。

平賀は大学はベルリン大学に通い、二十歳になるまでに、科学、物理学、生物学の三つの専攻で博士号を取得した。

かといって、彼は職業として調査官になったわけではない。彼の両親はもともと熱心なクリスチャンであったし、平賀も少年時代から毎日のように聖書を朗読していた。

そして次第に、間近で神の業を見てみたいという強い欲求を感じるようになり、このバチカンに来たのである。

今、『聖徒の座』にある無数の秘密の会議室の一つに彼はいた。

アメリカのユタから送られてきた『奇跡を記録したビデオ』なるものを、問題提議する会議長によって無作為に選ばれた二人の調査官とともに見ているのである。

場面はユタにある過疎村に立つ小さなカソリック教会であった。

教会の中は人で溢《あふ》れかえっており、司祭が重々しい口調で、説法を垂れていた。

アングルから見ると、ビデオカメラは説法壇のかなり近くに配置されているようだ。

長い説法が終わると、司祭が十字を切り、教会の照明が落ちて、教壇を囲んで並べられた無数の蠟燭《ろうそく》の明かりだけとなった。

その神秘的な雰囲気の中で、信者達が前の席から一人ずつ司祭の前に歩いていく。司祭は信者が来ると、目を閉じておもむろに天を仰ぎ、アラム語で、『主よ、この者に恵みを垂れたまえ』とつぶやき、ゆっくりと手を握ると、その手を二、三度、空中で振った。そして手を開くと、掌《てのひら》の中に小さな赤い石が出現していた。

信者は恭しくそれを受け取っている。

奇跡の内容は、祈りによって、何もない空中から神の恵物が出現するというものであった。そうした奇跡が起こったために、今では全米各地からその教会にバスツアーが出ているというのである。

信者は次々と司祭の前へと歩み出て、そのつど、司祭はなにがしかの品物を掌から出して見せた。時には灰が出てくることもあった。そんな時、司祭は、「この灰は、神がアダムを創造した時に用いられた灰です」と述べた。

確かに恵物の量は半端ではないし、信者の中にはインタビューに答えて、先日無くした時計が、戻ってきたという者もいる。また司祭は、その個人しか知らないことを時折、信者に対して囁《ささや》いた。

この様子を頭を振ったり、唸《うな》ったりしながら見ている調査官達の中で、平賀だけが冷徹な瞳《ひとみ》で映像を見つめていた。

彼は当然、神を信じていたが、どのような出来事であっても、頭から鵜呑《うの》みにすることも、疑うこともしない公平でピュアな魂の持ち主であった。

それが彼を優秀な聖職者でありながらも、優秀な科学者たらしめている一つの要素だ。

平賀がこの話を聞いたとき、彼は真っ先に、神が何もないところから恵物を出現させる例を聖書の中に探した。

その一番、分かりやすい例はマタイによる福音書十四の十三にあった。

イエスが五千人もの人々に食べ物を与える話である。


イエスが人里離れた場所に退いていた時、群衆がそのことを聞いて、方々の町から歩いてイエスの後を追ってきた。

イエスは大勢の群衆を見て憐《あわ》れみ、その中から病人達を癒した。

夕暮れになった頃、弟子達がイエスに言った。

「ここは人里離れた所で、もう時間もたちました。群衆を解散させてください。そうすれば、自分で村に食べ物を買いに行くでしょう」

しかし、イエスは答えた。

「行かせることはない。あなたがたが彼らに食べ物を与えなさい」

弟子達は言った。

「ここにはパン五つと魚二匹しかありません」

イエスは「それをここに持ってきなさい」と言い、群衆に草の上に座るようにお命じになった。そして五つのパンと二匹の魚を取り、天を仰いで賛美の祈りを唱え、パンを割いて弟子たちにお渡しになった。弟子たちはそのパンを群衆に与えた。すべての人々が食べて満腹した。そして残ったパンの屑《くず》を集めると、十二の籠《かご》に一杯になった。食べた人は女と子供を別にして五千人ほどであった。

つまりパンがイエスの祈りによって、無尽蔵に増えていったというのであるから、何もないところから恵物が出現することもあり得るだろう。

平賀はそのことは、抵抗なく受け入れたが、司祭が手にした灰を「アダム創造の時に用いられた灰だ」と言ったところから、ひっかかり始めた。

灰は明らかに黒っぽく、粒子の粗い灰であったが、アダム創造に用いられた灰は、様々な観点から見て粒子の細かい赤土であるはずだ。

そして尚も見ていると、非常に気にかかる映像が映り込んだ。

幼い女の子が司祭の掌から現れた飴《あめ》を手にしてはしゃいでいる。そしてビデオに向かって飴を得意げに見せたところで、平賀は「ここでストップしてみてください」と言った。

ビデオがストップする。

「飴の部分を拡大してみましょう」

平賀の提案に技術者が動いた。ビデオの映像をコンピューターに取り込み、飴のところを拡大していく。

「ここです、これを見てください」

平賀は飴を包んでいる青い包装紙の一部を示した。

そこには奇妙な模様が写り込んでいた。

「なんだろう？」

調査官達がざわつく。

「ボールペンで書かれたもののようですね。おそらくアルファベットの一部でしょう。そうですね……。この教会へのバスツアーを企画しているツアー会社の名前は？」

「リトルパインツアーです」

前もって、奇跡が起こった周辺をレポートした書類を見ながら、調査官の一人が言った。

「リトルパインツアーの文字の上の部分に間違いないようですね」

平賀は頷《うなず》いた。

「なんでそんな名前が包装紙に？」

女性調査官が怪訝《けげん》な顔で呟《つぶや》いた。

「おそらく、製紙会社が、納入先の名前を書いていたのでしょう。裁断の時に、ミスが出て、その一部が包装紙に入ってしまった……」

「ということは、この飴はリトルパインツアーのものか……」

年季の入った太った調査官が、ぶすりとした顔で言った。

「そうでしょう。少なくとも神のものではありません。提供先は、ツアーを企画して稼いでいるリトルパインツアーです。信者の個人情報も、長距離バスの中に盗聴器をしかけておけば、そこそこに手に入るのではないでしょうか？」

「なるほどね、ツアー会社とつるんで奇跡を演出していたというわけね」

女性調査官は、ふっと肩を持ち上げた。

「まだよく調査しなければ分かりませんが、その可能性は高いでしょう」

平賀が淡々と答えると、太っちょの調査官が、レポートを手に持った。

「まったく、手間がかかることだ。まぁ、空中からボールを取り出すくらいはマジシャンでもできるからな。ばけの皮をはぐのはそう難しくはないだろう。この俺が調査に行ってくる」

「私も行きましょうか？」

女性調査官が笑いながら言った。

「いや、こんなものは俺一人で十分だ。三日もあれば解決できる」

太っちょの調査官が答えた。

「では、会議はここまでということで……」

会議長であったウドルフ調査官が立ち上がった。

若いが切れ者で、電子工学博士である。一応、聖職者ではあるが、敬虔《けいけん》なカソリックではないことは、立ち居振る舞いを見ていて瞭然《りょうぜん》であった。

平賀とは違い、安定した職と給料を求めて、ドイツからバチカンに来た人物である。

平賀はウドルフの人となりをどうこうは思わなかったが、多少の疑問を感じていた。

多くの仕事をこなしていると上から認められたい為であろうか、日々、数件の会議内容を用意してくるウドルフであるが、その殆《ほとん》どが今回のように底の知れた偽奇跡である場合が多い。

ウドルフは優秀な人物である。鋭い彼ならばこんな一件は、取り上げるにあたいすることかどうかなどすぐに分かったはずだ。

いたずらに時間を割く必要があるとは、余り思えない。

するとウドルフが、すっと平賀の側に寄ってきて、耳元で囁いた。

「相変わらず、いい目をしていますね」

そして、ふっと笑うと会議室を出て行く。

平賀は、もやもやとした気分になって首を傾げた。

普通ならば抗議の一つもするところだろうが、平賀は悪意とか怒りとかいう感情を持てない体質である。

もやもやを、ふうーと深呼吸で自分の外に押し出すと、平賀は会議室を出て自分のデスクに戻った。

古めかしい装飾が施された壁や古書に囲まれて、最新式のコンピューターを設置する机が、ずらりと二百台並んでいる。それぞれの部署はパーティションで区切られていて、殆ど人の話し声はなかった。

『聖徒の座』では、人の仕事にちょっかいを出したり、違う調査をしている人間に話しかけたりすることはタブーである。それぞれの研究が、教会内の様々な宗派の権益に大きく関わっているからであり、皆、互いに他者の存在を無視することになっているからである。上層部から下される命令は絶対で、その指示を他者に漏らすことや、上層部に異論を申し立てることは許されない。完全なピラミッド型の縦社会だ。

バチカンでは、ドミニコ会、イエズス会、フランシスコ会の三大派閥の上層部が、苛烈《かれつ》な派閥闘争を繰り広げている。派閥は他にもカルメル会、トラピスト会、サレジオ会、シトー会などの中小の派閥があるが、これらの会の関係は決して良好とはいえないものがある。よって、違う派閥の者同士は迂闊《うかつ》に会話が出来ない。

問題はカソリックの中での派閥だけではない。

これまでの奇跡調査の過程で、物騒な秘密組織――フリーメーソンや謎の秘密結社ガルドウネの手下もバチカンの内部に潜んでいることが分かっている。

そう『聖徒の座』は、ＦＢＩやＣＩＡ並みに緊張感を持って過ごさなければならない秘密の花園なのだ。

平賀の現在こなしている仕事は、オーストリアの古い教会に伝わる『聖母マリア』の着ていた腰布の鑑定であったが、放射性炭素年代測定器にかけた結果、布自体は、八世紀頃のものと分かっている。

ゆえに聖母マリアのものでないことはハッキリしていた。

だが、この布に潜んでいた意外な魅力を平賀は発見した。エックス線写真を撮ると、布にくっきりと穏やかな女性の顔が浮かび上がるのだ。

勿論《もちろん》、それは奇跡でもなんでもなく、おそらく遺体を清めるために体中に塗った香油が、布にしみこんで、女性の顔を布にプリントしてしまったのである。

布は繊維を調べて絹であったことが分かっている。

埋葬されたのは、かなり身分の高い貴婦人であったのだろう。布は、その婦人の顔を覆うために使用されたのだ。

八世紀に死んだ貴婦人の顔立ちは、とても上品で、暖かさのあるもので、確かに教会の聖堂に見る聖母の顔を彷彿《ほうふつ》とさせるものであった。

この布が、聖遺物として保管された経緯のことも考えれば、おそらく婦人は生前から信仰心が強く、なにがしかの人々に尊ばれる行いをしてきたに違いない。

徳の高い修道女であったのかもしれない。

巷《ちまた》には、列聖などされなくても、名もなき聖人が大勢いる。

そういうことを考えると、パソコンの画面に映し出されている復元された婦人の顔に、平賀は頭が下がる思いであった。

腰布についてのレポートは書き終えた。一息ついた平賀の頭を過《よ》ぎったのは、このところ彼の頭を悩ませ続けていた奇妙な暗号。

『まだらの道化師』であった。

平賀の暗号探しは、ジュリア司祭との出会い以来、いっそう根を詰めたものになっていた。

ジュリア司祭はアフリカの奥地で医療活動をしていた教会の司祭である。

その美貌《びぼう》とカリスマ性で大勢の人々を魅了し、平賀も一時、ジュリアには傾倒していた。

それだけにジュリア司祭に裏切られたと分かった後の平賀は沈んでいたのであった。

そして毎日、世界中の手に入る限りの雑誌や新聞を買い込み、その中に、様々な組織が取り合う連絡を見いだしていっては、それを切り抜いて整理しているのだ。

その中で、最近、目立って多くなったのが『まだらの道化師』の文字や絵である。

『まだらの道化師』の後にはパーティ、とか、ただ、待つ、とかいう数種類の言葉が続き、電話番号として九桁《けた》の数字が並ぶのだが、それが毎回、違っている。

何かの意図的な暗号だと思われるのだが、それ以上に想像の及ぶものではなかった。

ただ妙に、ひっかかっている。

しかし、自分のこうしたマニアックな思考を理解してくれる人間は殆ど存在しない。

そこで平賀は、彼の盟友であり、兄とも慕うロベルトに相談してみようと考えた。

少しずつバチカンの日は落ちていき、夕べの鐘が鳴り響いた。

平賀は、デスクを立って、『聖徒の座』の玄関口に待機した。

目の前を調査官達が次々と通り過ぎては、磁気カードで扉を開けて外へと出て行く。

暫《しばら》く待っていると、人の列の中にきわめて長身な人影が現れた。

ダークブラウンの髪に明るい青い瞳《ひとみ》。際だってハンサムで、映画のロケスタジオにいてもおかしくない容姿。ロベルトである。

平賀は寡黙にロベルトが目の前に来るまで待っていて、二人同時に扉の外へと出た。

熟れたトマトのような夕日は地平線に沈みかかっていて、かっとした熱気が押し寄せた。

オリーブの並木は、風に揺られ、ところどころに立っている聖人像は、深い明暗をいただいて、どこか物憂げである。

「ロベルト、ちょっとお話があるのですが、お時間はいいですか？」

平賀が遠慮がちに訊《たず》ねると、ロベルトはまさにハリウッドスターのような華のある笑みを浮かべた。

「実は君からそう言われるのを待っていたんだ。このところ時々、考え込んでいるような風情だったからね」

平賀は、ロベルトが自分の様子をちゃんと窺《うかが》っていたことに驚きながら、「少し妙な話なのですが……」と、言った。

「そういう前置きは必要ないよ。君の話は、いつも奇妙じゃないか。気にする必要はないさ。僕はそういう話が好きだ。それは君も知っているだろう？」

「ええ……」

「では、どこで話をしようかな？　君の家かな？　僕の家かな？　それとも礼拝堂？」

「よければ私の家で。資料なども見てもらいたいので……」

「では君の家で」

二人は平賀の家へと向かった。

その通りすがりには、サンピエトロ大聖堂の広場がある。オリーブの並木道を右折して、サンピエトロ大通りをいくと、御影石の石畳が広がる広大な、ローマのコロシアムを想像させる広場に行き着く。聖人、殉教者、天使などの像が世界中の愛に飢えた人々を出迎えるかのようにして飾られていて、観光客や巡礼の人々、そして鳩の鳴き声で溢《あふ》れかえっている。

二人は通りすがる神父達と、囁《ささや》くように小声で挨拶《あいさつ》を交わしながら、広場を通り過ぎ、また少し細い路地を入ったところにある平賀の家に着いた。

2

ロベルト・ニコラス神父は、相変わらず荒れ果てた様子の平賀の家に、ため息を吐いた。

平賀の住む平屋の白い建物は、一見すると、とても人が住んでいるような風情ではなかった。通路ほどの狭い庭には雑草が生い茂っているし、郵便ポストは傾いて錆《さ》びている。そしてカーテンは年がら年中閉めっぱなしだ。

確か十日ほど前にここを訪れた時、庭の雑草を摘んで、ポストの傾きを直し、カーテンは時々、開けるようにと言っておいたはずなのに、短期間で元の木阿弥《もくあみ》である。

部屋の中は相変わらず雑然としていた。

床の上には沢山のメモが散らばっているし、部屋の大半はガラクタ（少なくともロベルトの目から見ると）で埋まっている。

数種類の万華鏡、望遠鏡、中世の騎士の鎧《よろい》から、何に使うのか分からないものまで、小道具で一杯だ。

ともかく平賀は、精緻《せいち》な思考の持ち主でありながら、日常的なことには非常に疎い男である。複雑な計算式はすらすらと解くというのに、生活環境を整えることは無理そうであった。

「あっ、そこに座ってください」

平賀は無造作に置かれている埃《ほこり》だらけの椅子を示した。

ロベルトは、やれやれと苦笑いしながら椅子の埃をはらって座った。

「それで、妙な話というのは？」

ロベルトが訊ねると、平賀はきょろきょろと床を見回し、部屋の中央辺りに置かれていた紙の束を取り上げた。

「『まだらの道化師』なんです」

「『まだらの道化師』？」

「ええ、このところ世界中で『まだらの道化師』の暗号が飛び交っているんです」

「まだ暗号集めをしているのか。本来なら僕がやるようなことなのに、なんで君がそんなことに興味を持つのかなぁ」

ロベルトは古文書解読家である。その自分ですら世界中に飛び交う謎の暗号解読などという面倒なことはしないのに、平賀がそうしたことに夢中になっていることが不思議であった。それでも平賀のような天才の類《たぐい》の人間には、どこかしらマニアックで奇妙な嗜好《しこう》があるものだと納得はしている。

平賀は睫《まつげ》の長いアーモンド形の大きな瞳で、ロベルトをじっと見て、まず一枚の紙を差し出した。

「これは大手雑誌の HGOON に載っていた広告です。車の広告なのですが左下に小さく妙なものが印刷されているでしょう？」

ロベルトはそう言われて広告の左下を見た。確かにまだらの服を着た道化師が写されていて、九桁の数字が書かれている。

「ふむ、確かに妙だね。目立たなすぎて普通なら気づかないところだけれど、印刷ミスでもなさそうだ」

「ええ、そしてこれです。これは地方新聞のルームシェア募集の個人広告なのですが」

平賀の差し出した紙には、「こちら、まだらの道化師、パーティしようぜ」と書かれ、電話番号として九桁の数字が記されていた。

そうやって平賀は、次々と雑誌の切り抜きや、新聞の切り抜きをロベルトに見せていった。

「これらが、ここ二ヶ月の間に集めたものなのです」

ロベルトが全ての紙を見た後、平賀が真剣な声で言った。

頰は上気し、少し厚いセクシーな唇は硬く結ばれている。

「確かに何かの暗号ではありそうだね。小さなコメントは多分隠語なのだろう。あとに続く九桁の数字は、電話番号でないことは確かだ。しかし、コードブックがなければ解読は難しいね」

「ああ……そう。そうですよね……」

平賀は、がっかりとしたように肩を落とした。

「そう落胆することはないさ。もう少し数を集めていけば、コンピューターでパターンを詰めていくことだってできるはずだ」

ロベルトがそう言うと、平賀の瞳が輝いた。

「そうですね。数さえ集めたら、パターン化という手がありました」

「だけど、まだらの道化師といえば、君のほうが良く知っているだろう?」

ロベルトの問いに平賀は不思議そうに首を傾げた。

「君は一時、ドイツに住んでいたんだろう？　ドイツのハーメルンには、有名な伝説が残っているじゃないか」

「あっ、それは『ハーメルンの笛吹男』のことですか？」

「そう。ハーメルンの物語は、有名なグリム兄弟を筆頭に複数の作者によって残された民間説で、だいたいは一二八四年六月二十六日に起こった出来事だとされている。ことの起こりは、一二八四年、ハーメルンに「ネズミ捕り」だと名乗る色とりどりの衣装、つまりは、まだらの服を着た男がやって来て、金と引き換えに街を荒らしまわっていたネズミを退治する話を持ちかけてきた。ハーメルンの村人はその話を了承した。すると男は笛を吹き鳴らし、笛の音でネズミの群れを惹《ひ》き付けると、川におびき寄せて、ネズミを残さず溺《おぼ》れ死にさせたんだ。しかし、ネズミの退治が成功したにも拘《かか》わらず、ハーメルンの人々は約束を破り、笛吹き男に金を出し渋った。

それに怒った笛吹き男はハーメルンの街を一時去っていったけれど、六月二十六日の朝に再び戻って来た。そして住民が教会で祈りを捧《ささ》げている間に、笛吹き男は再び笛を吹き鳴らし、ハーメルンの子供達を街から連れ去ってしまった。およそ百三十人の少年少女が連れ去られたと言われている。子供達は、洞窟《どうくつ》の中に誘い入れられた。そして、洞窟は内側から封印され、笛吹き男も洞窟に入った子供達も二度と戻って来なかったらしい。その難を逃れたのは、足が不自由なため他の子供達よりも遅れた二人の子供だとか、盲目とろう者の二人の子供だけだとか言われているよ」

「その話は、子供の時に本で読みました。なんでも本当にあった話だとか……」

「たしかにただの童話ではない。この話には、いくつかの仮説があってね、一番支持されている仮説は、いなくなった子供たちは東ヨーロッパの植民地に行ったというものだ。自ら行ったか、植民請負人に売られたかしたのだろう。この主張はハーメルンと東方植民地周辺の地域それぞれに存在する、同じ地名や姓などによって裏付けられるとされていて、笛吹き男は、開拓運動のリーダーだったというものだ。この伝説が生まれた時代は階級差別が激しくて、普通農民は灰色の服しか着られなかった。まだらの衣装というのは、身分の高いものの着る衣装だったんだ。だが、笛吹き男は死神だったという説もある。死神はしばしば笛吹き男のようなまだら模様の衣装を身にまとった姿で描かれるからだ」

「まだらの衣装は、運動のリーダーか、もしくは死神……」

平賀は考え込んだ表情になって、再び紙の束を見つめた。

「もしかするとテロの暗示かなにかでしょうか？」

はっ、と思いついたように平賀が言う。

「ふむ。そういう想像も出来るね」

ロベルトは頷《うなず》いた。

「もしこれがテロの予告なり、連絡なりだとすると……この九桁《けた》の数字は……、もしかしてテロの起きる場所を表しているのでは？」

「考えられることだ。九桁なら緯度経度を考えてみるのも悪くない」

ロベルトが言うと、平賀は立っていって、パソコンで世界地図を検索し始めた。

「緯度経度だとすると、最初がシアトルのモーテル。そしてシカゴの工場倉庫。ボストンの公園。ラスベガスのカジノホテル。そして、ああ、これは分かりやすい。ニューヨークのグランドセントラル駅と続きます。全てアメリカ国内ですね」

「アメリカで、そんな場所では最近テロは聞いたことがないな。ことにグランドセントラル駅などでテロがあれば大々的に報道されるだろう」

「そうですね。では違うんだ……」

平賀は考え込んでいる。

きっとこういう時の彼の思考は、宇宙の彼方《かなた》に飛び出して、天王星やら冥王星《めいおうせい》付近を漂っているに違いない。

そして無量大数の計算が頭の中でなされているのだ。

こんな時の平賀は、どこか別の惑星から来た人のようである。

ロベルトは平賀のそういうところが大いに好きであったが、余りに浮き世を離れてしまうことに危惧《きぐ》も感じていた。

バチカンは世間から見ると浮き世離れしているように見える場所であるが、その実、内部は人間くさい付き合いや派閥が充満している。

人間関係で支障が出ると、組織からつまはじきにされることも珍しくはないのだ。

勿論《もちろん》、この純真で美しい日系神父を、バチカンの中にある薄暗い色に染めることなど、ロベルトとしても望んでいない。

彼がこのままの清廉な魂を保ち続ける為のフォローは惜しまないつもりである。

ただ、時々、平賀が余りに無垢《むく》で、現実的でないことに心配が過《よ》ぎるのである。

その心配は、先だってのジュリア司祭との対決の時に的中した。

平賀はジュリア司祭を、人々に奉仕する立派な人物だと信用しきっていたのである。

実はジュリアが黒幕となっていたその事件の全容が発覚した後、平賀は暫《しばら》く打ちひしがれたようになっていた。

本当のところ、ひどく傷ついていたのだろう。

ああいうことが、またなければいいが……。

と、ロベルトは思った。

そして平賀を現実に戻すために、「お腹が空《す》かないかい?」と声をかけた。

「あっ、ええそう言われてみれば……」

平賀は、ぼうっとした声で答えた。

ロベルトはキッチンに行って冷蔵庫を開き、ため息を吐いた。

中に入っていたのは、カチカチになったチーズが一切れと、しなびたズッキーニだけである。

「やれやれ、冷蔵庫に何もないじゃないか。僕を暗号話に付き合わせて飢え死にさせる気かい？　君のことだからこんなことだろうとは思っていたけれど、一体、日頃から何を食べて生活しているのか僕は心配だよ」

ロベルトは平賀の華奢《きゃしゃ》な体を眺めながら言った。

「すいません。このところ暗号のことに夢中になりすぎて、市場に行くのをおろそかにしていたんです」

平賀は伏し目がちに申し訳なさそうに答えた。

「僕の家に行ってもいいんだが、今から料理をつくるのは、おっくうだ。バチカンの外に出て食べようじゃないか」

バチカン市国の中には夜に営んでいる店は殆《ほとん》ど存在しない。

それどころか、バチカンの聖職者といえども市国内に住居を構えている者はごくわずかなのだ。大概は市国外に住居を持ち、そこから通勤している。

ロベルトは、平賀に外の空気を吸わせ、マニアックな思考から少しは遠ざかるようにしようと配慮して言った。

「分かりました」

二人が家を出た頃には、すっかり日が落ち、暗くなっていた。

六月のバチカンは丁度良い季候で、風も乾いていて心地よい。

細い通りから大通りに出ると、タクシーが、ぽつぽつと通り過ぎていく。ロベルトは手を挙げてタクシーを止めると、「ナボーナ広場まで」と、言った。

十七世紀のバロック建築に囲まれたナボーナ広場の周辺はカフェが多く、昼も夜も人でにぎわっている。

ロベルト達がタクシーを降りると、飲食店の赤々とした光が道を照らし、大勢の人々が行き交っていた。

「さて、美味《おい》しそうな店を探そうか」

ロベルトは開いている店を一つ一つ品定めし始めた。

平賀はわけが分からない顔で、その後をついていく。

ロベルトは十五軒目の店に目星をつけた。彼の美味しい店の探し方は簡単である。

店の中にいる客が旨《うま》そうに食べていること。そしてテーブルの上に多くの皿がのっていることであった。皿が多いということは、料理が旨くて、ついつい品数を注文してしまったからに違いない。

ロベルトは平賀とともに店の外にある席に腰をかけた。

いい夜風だ。月と星が輝いている。

平賀もいい気分転換になるに違いない。

ロベルトはボーイを呼び、メニューを手にした。

「君は何がいい？」

ロベルトが訊《たず》ねる。

「私は何でもいいです……」

平賀が首を傾げながら答えた。

「じゃあ、僕が注文するよ。まずは、鰯《いわし》と野菜のマリネ。トマト味のニョッキ。それからパエリア。それと赤ワイン。銘柄はお任せだ」

ボーイは頷くと、ロベルトからメニューを受け取って店の中へと去っていった。

「そう言えば、明日は『御聖体の祝日』ですね」

不意に思いついたように平賀が言った。

聖体の祝日とは、パンとぶどう酒を「霊的食物」として信者に与えることを通じて、キリストの御体と御血をたたえる祝日である。

一二六三年、ボルセーナの教会でミサを行っていた僧が「聖体のパンが肉となり、そこから血が滴る」という奇跡を目撃したことから、全教会の祝日と定められ、今では広く定着している。

「そうだね、あの長ったらしい行事は結構きついものがある。沢山食べて、体力をつけておかないと」

「いけませんよ。そんな不謹慎なことを言っては。とても大切な日です」

平賀は真顔で言った。

こういう時、ロベルトは十歳の時から、カソリックの施設に入り、カソリックの教育機関を経て現在に至った自分より、平賀の方が遥かに信仰心があることを確信する。

そしてその事を心強く思う反面、その無垢さを多少妬《ねた》ましく感じるのであった。

「はいはい。分かっているよ。御聖体の祝日は大切さ。我々をイエスへと立ち返らせてくれる日だ。コリント信徒への手紙一の11の23。『わたしがあなたがたに伝えたことは、わたし自身、主から受けたものです。すなわち、主イエスは、引き渡される夜、パンを取り、感謝の祈りをささげてそれを割き、「これは、あなたがたのためのわたしの体である。わたしの記念としてこのように行いなさい」と言われました。また、食事の後で、杯も同じようにして、「この杯は、わたしの血によって立てられる新しい契約である。飲む度に、わたしの記念としてこのように行いなさい」と言われました。だから、あなたがたは、このパンを食べこの杯を飲むごとに、主が来られるときまで、主の死を告げ知らせるのです』。ちゃんと暗記しているよ。他にも関係のある文を言おうか？」

平賀は、きょとんとした顔をした。

「まさかロベルト神父がその意義を分かっていないなんて思っていませんよ」

ロベルトは、思わずほほ笑んだ。そう、平賀は、ロベルトが誠実なる神の使徒であると全く疑っていない。他人の姿は鏡だと言う。自分の心にやましい点を持っている者は、他人を見てもそう見えるものだ。

だが、平賀の信仰心には一点の曇りもない。

だからロベルトのことも同じように見えるのだろう。

平賀の瞳《ひとみ》に見つめられている限り、自分の中の信仰心を保っていけるような気がする。

自分の心の健全さは、平賀によって保たれているのだ。

そう思うと、実は自分が平賀をケアしているつもりでいて、本当はケアされているのではないかという奇妙な気分になる。

なんとなくロベルトは幸せを感じ、月がほほ笑む星空を見上げた。

第二章　御聖体の祝日と、奇跡の教会

1

午後七時から、Solennità del Santissimo Corpo e Sangue di Cristo（聖なるキリストの御体と御血の儀式）が、ベネディクトゥス16世によって、ローマの Basilica di San Giovanni in Laterano（サン・ジョバンニ・イン・ラテラノ大聖堂）の前にて始められた。

後ろに赤いラテラノ宮殿が見える、十本の太い柱に支えられた荘厳な純白の教会の上部には中央にキリスト像そしてその両脇に十二使徒の像が立っていて、教会前に集まった群衆達を慈悲深くも威厳のある眼差《まなざ》しで見下ろしている。

この教会の身廊の奥には高い天蓋《てんがい》があり、そこにはペテロとパウロの像が入っている。

その像の中には、二人の実際の頭蓋骨がおさめられていると伝えられており、バチカンで最も格式高い教会として有名である。また、ローマ司教としての法王の司教座聖堂（カテドラル）であることから、「全カソリック教会の司教座聖堂」とも称される。

祭壇の上には、多くの蠟燭《ろうそく》が灯《とも》され、花々が飾られている。その中央には聖体顕示台が置かれていた。

聖体顕示台とは、黄金で造られた支柱とその上にある太陽が光り輝く様を表すオブジェであり、「日輪、太陽光線」などとも言われる。
法王が厳かに祭壇に現れ、聖体顕示台の前に跪《ひざまず》いて十字を切ると、オーケストラの音とともに聖歌隊の歌が始まった。

典礼暦の祝いに因《ちな》んで、大なる喜びありたまえ。
心の奥底から、賛美が響くように。
心も、声も、手の業も、
古きが過ぎ去り、全てが新しくなりたまえ。

かの夜の最後の晩餐《ばんさん》が再びここにあらん。
最後の晩餐において、キリストは、羊と種なしパンを
兄弟たちに与えたまえる。
先祖たちに対して認められし法に従いて。

予表である羊が食べられた後、晩餐が終わり、
主の御体が弟子たちに与えられた。
ひとりひとりに御体全てが与えられ、

そのようにして全員に御体全てが与えられた。
主の御体はキリストの両手で弟子たちに与えられたと、我らは証言す。
キリストは弱き者たちに、その御体という食物を与え給い、
悲しむ者たちに、その御血という飲み物を与え給うた。
我が渡す器を受けよ、
皆この器から飲め、とのたまいて。

キリストはこのようにして、かの犠牲を定め給うた。
キリストは、犠牲を捧《ささ》げるその職務が
司祭らのみに委《ゆだ》ねられることを欲し給い、司祭らとひとつになり給うた。
すなわち、司祭らのみが犠牲の職務を為し、司祭らのみが他の者たちに与えるように、し給うた。

天使のパンが、人のパンになる。
天のパンにより、数々の予表が終わりを告げる。
なんと驚くべきことであろう。
貧しく卑しき僕《しもべ》が主を食べるとは。

三位にしてひとつの神よ。私たちはあなたに求めます。
私たちがあなたを崇《あが》めるとき、あなたは私たちを訪れてください。
私たちを導いて、あなたの道を通らせてください。
私たちは向かいます、
あなたが住まわれる光のほうへ。

法王はこれを受けて、ほほ笑みながら群衆を見回すと、長い祈りを捧《ささ》げたあと、説法を始めた。

「聖体の大祝日にあたって教会は、復活の光のもとに聖木曜日の神秘を再び生きます。聖木曜日にも教会では行列をします。教会はこの行列をもって、キリストの高間からオリーブ山までの『脱出（エクソダス）』を追体験します。イスラエルでは復活祭の夜は、家庭において家族の団欒《だんらん》の中で祝われます。各家の鴨居《かもい》に塗られた過ぎ越しの子羊の血が絶滅者から彼らを守ってくれたという、エジプトにおける最初の過ぎ越しがこうして記念されていました。

あの夜、イエスは外に出て行き裏切り者、絶滅者の手に渡されました。まさしく、こうしてイエスは夜と悪の闇に打ち勝ったのです。聖木曜日の晩、高間において制定された聖体の秘跡はこのようにして初めてその完成を見るのです。

イエスは実際にその身体とその血を与えます。イエスは死の敷居を越えることによって生けるパン、真のマンナ、世々にわたって言い尽くしがたい養いとなりました。御体は生命のパンとなったのです。

聖木曜日の行列において教会はオリーブ山までイエスのお供をしました。イエスと共に目覚めて留《とど》まり、この世の夜の暗闇、裏切りの夜、多くの人々の無関心の夜の闇の中にイエスを放置したくないというのが祈る教会の切なる望みです」

長いミサの終了後に「聖体行列」が組まれた。法王は聖体顕示台とともに天蓋《てんがい》をかけた車に乗り、それに枢機卿《すうききょう》、司教、司祭、修道者、伝統衣装に身を包んだ信者会グループが続く。そして一般市民とともに、行列は、ラテラノ大聖堂から聖マリア大聖堂を結ぶメルラーナ通りのゆるやかな坂をゆっくりと上がっていった。人々は厳かに聖歌を歌っている。

通りには、花びらを用いた「花の絨毯《じゅうたん》」が作られていた。様々な絵画や幾何学模様が花によって描かれ、街は一際華やいだ雰囲気だ。

一見するとパレードのようであるが、パレードのような浮かれた雰囲気は存在しない。

法王は無心に聖体礼拝を続けている。やがて闇が深くなる頃、人々の掲げる蠟燭《ろうそく》の灯が街道いっぱいに広がっていった。

聖マリア大聖堂に行列到着後、法王による聖体降福式が行われた。

教会の前には広い壇が築かれ、赤い天幕が張られている。壇には蠟燭が立ち並び、金色の十字架が飾られていた。

白の上に赤の法衣を重ね着した法王は、聖体であるパンの入った金色の大きな杯を持ち上げ、列をなして進む人々の口に次々とキリストが描かれた小さなパンを入れていく。人々がこのパンからあぶれないように、法王に従う聖職者達も少し小振りな金杯にパンを入れ、人々に手渡していった。

すべての人々がキリストと一体になれるように、絶え間なくパンは配られていく。

そうした長い時間が終わると、オーケストラによる荘厳なメロディが奏でられた。男女一組の歌手がマイクの前に歩み出る。

そして法王は聖歌「タントゥム・エルゴ」を人々と共に歌った。

ああ、救いのいけにえ、
天国の門を開きたもうおん方よ、
われらの敵は四方から押し寄せる、
われらに力と助けを与えたまえ。
三位一体の不滅の神よ、
あなたの偉大なみ名が常にたたえられんことを。
終りなき生命の日々をわれらに、

天のふるさとにて与えたまえ。

力強い歌声が天に谺《こだま》する。

歌が終わると、法王は、聖体顕示台を高く掲げ会衆を祝福した。

全ての儀式が終わり、疲れ切っていた平賀とロベルトに、突然の呼び出しがかかった。

呼び出し主は、サウロ大司教である。

二人と同じフランシスコ派のこの司教は、『聖徒の座』の責任者の一人であり、伝説のエクソシストであった。

平賀とロベルトはすぐに『聖徒の座』の二階にあるサウロ大司教の部屋へと直行した。

サウロ大司教はいつものように赤いベルベット地の椅子にゆったりと腰を下ろしていたが、額に大量の汗をかいていた。儀式直後の痕跡《こんせき》である。

「二人とも、よく来た」

サウロ大司教は、静かに微笑んだが、柔和な笑顔の中に力強く光る瞳《ひとみ》は、かつてエクソシストとしてならした時の迫力から少しも色褪《いろあ》せていないだろうと思われた。

「奇跡調査ですか？」

平賀が率直な質問をサウロ大司教にした。

「そうだ。前任の調査官が『謎が解明できず、奇跡としかいいようがない』と報告してきた難題だ。君達に再調査をしてもらいたい」

「何故、再調査を?」

ロベルトは訊《たず》ねた。

「何故と言われても答えづらいが、奇跡の申請を求める署名に、村中の人間や教会の神父達も署名しているのに、何故か司祭の署名がない。それに前の調査官は、奇跡を申告してきている教会と同じベネディクト会の人間だ。贔屓《ひいき》があってもおかしくない。どうもひっかかるのだよ。それに私のこの腕が妙にうずくのだ」

サウロ大司教は過去、エクソシズムの時に負傷したと言われている左腕を上げた。

「まずは申請書を読んでみたまえ」

サウロ大司教は、書類の入った袋を平賀とロベルトに手渡した。

二人は袋の中にある申請書に目を通した。

「ここセント・エリギウス教会では今年の四月十四日から信じられないような奇跡が毎日起こっています。その奇跡は朝のミサの時間に始まります。まず教会内に、主の訪れを告げる角笛が鳴り響き、教会は虹《にじ》色の光に包まれます。そして御キリストの像が動き出すと同時に、ブロンズ色のお体が、まるで生きているかのような皮膚の色に変わっていくのです。その時は、両手から流れ落ちる血の色までもが再現されます。なにもこれは私だけが見たものではなく、ミサに出席した村人全員が目撃していることです。中には聖母マリア様の御姿や、復活された若きキリスト様の姿を光の中に見たというものもおります。ここにそれらのものの署名を集めましたので、どうか法王様に奇跡をお認めいただき、我らの聖なる教会に祝福を賜りたいと願っております」

差出人は、アブラハム・テンペリーノ、エヘミア・コーラ、ヨブ・ジュファーの三人の連名であった。

どの名にも神父と綴《つづ》られているので、教会に所属する神父達なのだろう。

そして奇跡の認定を求める署名の紙の束が入っていた。

「この中に司祭の名が無いのですね？」

ロベルトは訊ねた。

「そうだ。調べたところこの教会のトロネス司祭は、三十年前、聖職者となった折に、自宅から預金まで自分の持っている財産を全て教会に寄進したという極めて信仰深い謙虚な人物だということだ。八年前に司祭になったが、非常に活発な布教活動をしてきたらしい。それがこんな奇跡を前にして署名していないというのはおかしな話だ」

サウロ大司教は解せない顔で言った。

「確かにそうですね……」

平賀は紙面を繰りながら署名の数を数えている。

「それで、この教会の場所はどこなんです？」

ロベルトが訊ねる。

「それがここからごく近い場所だ。リヴォルノに行く途中にあるモンテ村というところだ。

ろくな交通機関がないから、車で行くしかないがね」

「運転免許なら持っています」

ロベルトは即座に答えた。

「では、バチカンの公用車を貸しだそう。準備ができ次第、モンテ村に向かって出発してくれたまえ」

「分かりました」

平賀とロベルトは、口を揃えて答えた。

2

土曜日、午前三時。

平賀とロベルトは車に奇跡調査に必要な様々な機材を積み込み、モンテ村へと出発した。

暫《しば》らくは湾岸道路を走っていた二人であるが、モンテ村に近づくにつれ、道幅は狭く上り坂になっていき、気がつくと山の中を走っている有様となった。

途中ロベルトは、道が間違ってはいないかと何度もカーナビを確認したが、どうやら間違いではないらしい。道はでこぼこになり、脇には『動物の飛び出しに注意』の標識が時々立っている。

酷《ひど》い田舎に来たように感じられた。

暫くすると薄暗い空の遠く離れたところに、花火が上がっているのが見えた。綿で包んだような微《かす》かな爆音が聞こえている。

方向からして、花火が上がっている一角は、モンテ村の方向に間違いなかった。

道がやっとまともな物になってくると、花火の輝きは一層大きく、鮮やかなものになった。それとともに爆音も打っては消え、消えては打つ波のような轟《とどろ》きへと変わっていく。

下り坂に入って、ようやく村の全容が見えるようになった。

おそろしく細長い村であった。村は山麓《さんろく》に囲まれ、ずっと向こうの先に海の青が見えた。

いつの間にか花火は打ち切られた様子だ。ようやく朝が来たかのような静けさが鼓膜の中に染みいってくる。

村に入ると、すっかり人影はなくて、二百年や三百年は経っていそうな古い造りの民家や建物が、正確に碁盤目に走っている道の脇に、押し詰められたように、びっしりと並んでいた。

その様子を見ると、田舎とはいえ、歴史のある土地であることが感じられる。

車は村の中央を走る大通りを北に上った。

大通りの商店街のシャッターはどれも閉まっていた。村の外れ近くまで来ると、白い近代的な建物が建っていた。『エルロワ農業研究所』と看板が掛かっている。

建物前には数台のトラックが止まっていて、職員らしき人々が、運搬ロボットを操り、『堆肥《たいひ》』と印刷された袋を荷台に積み込んでいる。

そこを通り過ぎ、さらに十分ほどいくと、小さな湾になった漁港があり、村外れの山へと続く丘になる。そこに、セント・エリギウス教会は村を見下ろすようにして建っていた。教会は大教会とは言えなかったが、この小さな村に建っているにしては美麗な建物であった。

六つの放射状祭室とシスベ（後陣部）を持つその建物は、四本の太い柱が正面にあって、その柱がずっと屋根まで伸びて高い尖塔《せんとう》となっていた。

屋根の中央は量感のあるカーブを持った三角天井で、その周りには尖塔と小尖塔に入り組んで飛び梁《はり》が交錯し、複雑に絡み合った茨《いばら》のように見えた。屋根のすぐ下には、聖書の歴代の王達に囲まれて聖人エリギウスの像が立っている。

壁面に使われているのはピンクがかった大理石で、全体に細かな薔薇《ばら》の彫刻が施されていた。

すらりと縦長に伸びた優美な教会の線は、細身の貴婦人を連想させる。

平賀とロベルトは車を降り、教会の玄関に立った。

入り口開口部のアーチにある半円形のタンパンには、キリスト磔刑《たっけい》の時の描写が刻まれ、その上に大きな薔薇窓があった。扉口は実に装飾に富んだ物で、両脇には天使達が乱舞する彫刻があり、その周辺には色とりどりのタイルで描かれたイコンがはめ込まれていた。

その中にロベルトは異質なものを発見した。

まだらの服を着て、大きな鎌を手にした道化師のような男の姿があったのである。

よくよく見回してみると、切妻屋根の上部にも鎌を手にした道化師の像が立っていた。

そして三本の角を持つ山羊《やぎ》のような悪魔が、ぐっと首を突き出しているのが見受けられる。

「これは不思議な偶然だね。君が気にしていたまだらの道化師がいるよ。鎌を手にしているから死神かもしれないが……」

ロベルトはタイル絵と、屋根の上の像を指さして言った。

「本当ですね。なにがしかの主の暗示なのかもしれません」

平賀は瞳《ひとみ》を瞬かせた。

二人はおもむろに教会の内部に入った。

円柱を束ねた支持柱に支えられた尖頭リブ・ヴォールトが続く。

ヴォールトの一区切りの空間には必ず一体の聖人の彫刻が置かれていて、その最後に見覚えのない華麗な装束の人物像があった。人物像は頭部に石榴《ざくろ》の実をつけた杖《つえ》を持っていた。王台座には具体的な人物名は書かれていない。ただ、
ΑΓΓΕΛΟΣ　(天使)

Γιορτη　(祝祭)

Ψυχη　(魂)

とのみ記されている。こうした神秘的な言葉の羅列は教会の内装ではよくあることだ。

そしてその奥が広間となっていた。

高い天井は比較的細い支柱で支えられている為、広間は祭壇を取り囲む会衆席から推し

量る大きさよりひろびろと見える。

祭壇の両脇にマリア像とキリスト像。祭壇には多くの献花が溢《あふ》れかえり、ブロンズで出来た磔刑のキリスト像が硝子《ガラス》ケースの中に入って飾られていた。

人の姿が見えなかったので、ロベルトは告解室の中に入った。

マホガニー造りの重厚な告解室である。ロベルトが中に入って椅子に座ると、告解を聞く役目の神父と訪れる人を隔てる壁にある窓が少し開いた。

「息子よ。悩み事はなんでしょうか？　貴方《あなた》の心の苦しみは全て主が癒《いや》してくださいます。なにもかもお話しなさい」

静かな神父の声が囁《ささや》く。

「失礼。私はロベルト・ニコラスといいます。バチカンから奇跡調査にやってきました」


おおっ……。


と、感嘆の声が聞こえた。

「これはバチカンからのお使者の方でしたか。部屋を出てお待ちください。すぐに準備をいたします」

そう言うと、壁の向こうにいる神父が、ごそごそと立ち上がる音が聞こえた。

ロベルトは告解室を出て、平賀とともに近くの席に座った。

暫《しばら》くすると告解室の中から黒い服を着た中年神父が現れた。

金髪に茶色い目の神父である。鼻筋が高く真っ直ぐで、柔和な目をしていた。

神父は二人に向かって手を合わせ、十字を切った。

「エヘミアと申します。どうぞよろしく。九時から朝の礼拝が始まります。すぐに他の者達を呼んで参ります」

エヘミア神父はそう言うと、側廊の奥へと足早に消えていった。

暫くすると、青と黄色のアルバを着た司祭と、さきほどのエヘミア神父に続いて二人の神父が現れた。

「これは遠いところをお越しいただきまして……。私は当教会の司祭、トロネスです」

トロネス司祭は五十代後半といったところだろう。

ブラウンの髪はまばらに白髪で、額の縦皺《じわ》と硬い表情が、厳粛な雰囲気を醸し出していた。

「私はアブラハムです」

アブラハムは黒い髪と目をした、非常に体格の良い、まるで格闘家を思わせるような神父であった。年の頃は四十代前半であろう。

「ヨブです。お見知りおきを」

ヨブは、ひょろりと背の高い二十代の若い神父であった。

「僕はロベルト・ニコラス。ロベルト神父と呼んでください」

「私は平賀・ヨゼフ・庚。平賀神父とお呼びください」

平賀とロベルトが自己紹介をすると、神父達は互いに握手を交わした。

彼らは皆、黒服を着た「黒い修道士」ことベネディクト会士であった。

ベネディクト会はカソリック教会最古の修道会で、「清貧」「従順」「貞潔」「定住」の誓願をたて、修道院で共同生活を送るのが特徴であり、十世紀から十四世紀の中世に発展した。

ロベルトが見たところでは、教会の建築様式などから、セント・エリギウス教会は十二世紀中期に建てられたものだと考えられた。

教会が、最も財産と領土を持っていた頃である。

「素晴らしい教会なので驚きました。いつ、どなたが建てられた教会なのですか？」

ロベルトはトロネス司祭に訊《たず》ねた。

「私が聞いたところによりますと、一一〇〇年頃に、イングランドからこちらにこられたトマス・フッシャーという方が教会建立の先駆けになられたとか……」

トマス・フッシャー……。聞いたことがないな……。

ロベルトは頭の中に刻まれている何万というカソリック関係の人名を繰りながら、そう思った。

「ところで、あの玄関にあるイコンの中に混じっている大きな鎌を持った道化師の絵はなんなのですか？」

ロベルトが訊ねると、ヨブ神父が頬を染めながら身を乗り出した。

「首切り道化師ですよ。この辺りの古い民話なんです」

「首切り道化師？」

「ええ、古い民話でね。道化師は悪魔の化身と信じられていまして、教会の裏手の森に住んでいると言われています。今でも村人はおそれて森に近づかないのですよ」

アブラハムが言うと、トロネス司祭が、それを制するかのように彼を見た。

アブラハムは何事か思い出したように、どきりとした顔で口をつぐんだ。

なにかありそうだな、とロベルトは直感したが、会っていきなり質問攻めにするより、おいおい聞き出していこうと考えた。

「今日も奇跡は起こるのでしょうか？」

平賀が、びっくりするくらい率直に訊ねた。

「恐らくは……」

トロネス司祭が静かに答える。

平賀は時計を確認した。八時二十分。朝の礼拝まで四十分ほどである。

「調査の準備をさせていただいていいですか？」

「どうぞ……」

トロネス司祭が頷《うなず》くと、平賀とロベルトは顔を見合わせた。

二人は車に戻り、数種類の機材を教会の広間に持ち込んだ。

プロ用のビデオカメラが二台、サーモグラフィー、温度計、湿度計、録音機などである。

二人はそれらを手分けして、祭壇の周囲と、広間の席の中間ほどのところに仕掛けた。

作業が終わった頃、ヨブ神父が教会の鐘を鳴らしに席を立った。

澄んだ鐘の音色が響き渡る。奇跡を見るために大勢の人々が教会にやってくるかと思いきや、意外とまばらにしか広間の席は埋まらなかった。

「奇跡も毎日のように起こったのでは、有り難みも薄れるのでしょう」

トロネス司祭が、苦笑いをしながら、祭壇へと向かっていった。

まばらな拍手が広間を包み込む。

神父達が祭壇の蠟燭《ろうそく》に火を灯《とも》し、礼拝が始まった。トロネス司祭が入祭唱を唱え、信徒の間で挨拶《あいさつ》がかわされる。そして初めの祈りが唱えられた。

次に悔い改めの祈り、「主よ、あわれみたまえ」が唱えられた。

そしてトロネス司祭が旧約聖書を朗読し出して二十分が経過した頃だ。

いきなり、
おおおーん。

と、いう音が広間全体に響き渡った。

確かに、言われてみれば角笛の音のように聞こえた。

そして、その音は一定間隔を保って鳴っていた。

会衆は静かに手を合わせている。

ロベルトは、その不思議な音の音源を探してマイクを持って広間の中を移動してみたが、ヘルツの数値を見る限り、その音はどこからというものではなかった。

マイクを教会の空間の何処《どこ》においてもヘルツの数値は変化しないのである。

これは実に奇妙なことだった。

そうしている内に、ステンドグラスからこぼれ落ちてくる光が、やたらと眩《まぶ》しく感じられ始めた。

薄暗い教会の中が、外からの太陽の光だけで、こんなに眩しくなるのは奇妙だ。

ロベルトが不審に思っていると、やがて広間の中に、明らかに不自然な七色の光が満ちてきた。それは身廊と側廊の交差部から、すなわち最も天井が高くなり、天窓が設けられた祭壇の上部から津波のように押し寄せてくる。

そして光が視野一杯に広がったかと思うと、少し静まって、広間全体に鱗粉《りんぷん》のように細かな光の粉が、空中を舞っているという感じであった。

平賀の様子を目で追うと、彼は熱心にビデオカメラとサーモグラフィーをチェックしていた。

そのビデオカメラは硝子《ガラス》ケースの中にあるキリスト像に向けられている。

ロベルトはキリスト像を見て、得も言われぬ衝撃を受けた。

キリストの腹の辺りから、まるで染みのように生きた肌の色が広がっていくではないか。

キリスト像は硝子ケースの中だ。

誰かが周りで細工をしようにも出来ない状態である。

数多くの奇跡を見てきたロベルトであったが、このような顕著な奇跡を見たのは初めてであった。

興奮の為だろうか、ロベルトは体温が急に上がったように感じた。

手にじめっと汗をかいている。

唖然《あぜん》としてキリスト像を見つめていると、その後ろに輝く光の球体が現れ、ものの十分もしないうちに、像は生きているかのような色彩に覆われていた。

この驚くべき光景は、全ての祈りの朗読が終わっても続いていた。

やがて、ことばの典礼が終わり、ぶどう酒と水、そして聖体となる小麦粉を薄く焼いたオスティアが祭壇に準備された。

トロネス司祭は、奉献文を唱え、すべての聖職者が会衆と共に『黙示録』に由来する賛美の祈り「聖なるかな」を唱える。

そして礼拝が終了したのと同時に、それに合わせるかのように角笛の音が止んだ。

見ると、硝子ケースの中にあるキリスト像の色彩も、徐々に薄れてきている。

平賀は、ビデオカメラをのぞき込みながら、さかんに目を擦《こす》っていた。

第三章　アゾート　賢者の石にしたためられた鏡文字の童話

1

礼拝の後、平賀とロベルトは祭壇の奥の内陣へと案内された。

暗い周歩廊を行くと、そこには修道士用の居所《シェル》が並んでいて、司祭室と、その隣にシュベの緩やかな傾斜に沿った放射状の大理石造りの祭壇があり、キリストとマリア、そして数体の聖人像が祭られていた。

香炉から漏れてくる乳香の香りが充満する祭壇の中には、聖人エリギウスの姿もある。それは直径にして三十センチ弱の立像であるが、ブロンズや木彫りに色彩を施した他の聖人像とは違って、金色に光り輝いていた。

「これはまさか金で出来ているのですか？」

平賀はトロネス司祭に質問した。

「どうなのでしょう？　この内陣の祭壇は、手を触れてはならない決まりになっていますから、確かめようもありません。広間のキリスト様の像も、教会の開祖であるトマス・フッシャー神父がこの丘で四十日間の祈りと断食の行をされた時に、肉の体を持つキリスト様が御現れになり、自らの体で石膏《せっこう》の型を取ることを許されたという品物です。我が教会では聖遺物として何者をも手を触れてはならないということになっていますから」

「なる程、それで硝子ケースの中に納められているのですか……」

平賀は頷いた。硝子技術の進歩における年代的見方では、キリスト像を囲んでいる硝子は十六世紀辺りのものだと考えられる。

「聖人エリギウスは、金銀細工師・鍛冶《かじ》屋・蹄鉄《ていてつ》工・馬方の守護聖人ですが、この村では細工物や鍛冶が盛んだったのですか？」

ロベルトが言った。

「さぁ、そういう話は余り聞いたことがありません。大体このモンテ村は昔から農業と漁業で細々と成り立っているような村です」

トロネス司祭が答えた。

「もしこれが金塊なら一財産になるでしょうね。ふむ。興味深い。もともと聖人エリギウスを名前に頂いている教会のことです。この像が本物の金塊であるという可能性も十分にありえます。そうだとしたら、どうします？」

「それは……たとえそうだとしても、これは聖物です。それ以上の何物でもありません。聖物は金塊よりも大切な宝です」

トロネス司祭は少し戸惑った顔で答えている。

それに比べ、ロベルトは悪戯《いたずら》っぽい光を瞳《ひとみ》の奥に漂わせていた。

「それはそうだ。ご立派なお心掛けです」

ロベルトはさらりと言ったが、こういう時のロベルトは、他者に軽い揺さぶりをかけて、その心理状態を測っているのである。

平賀はそういうロベルトの癖をよく知っていたので、黙って聞いていた。

「奇跡はこの祭壇でも起こるのですか？」

「角笛の音は時々聞こえます」

「それだけですか？　虹《にじ》色の光とか、キリスト像の変化などは？」

「この祭壇ではありません」

「そうですか、ところで……」

と、ロベルトは首を捻《ねじ》って、少し視線を空中に漂わせた。

「さっきの首切り道化師の話は非常に興味深いものでした。もう少し詳しく教えてもらえませんか？」

トロネス司祭の顔が曇った。

「私は余り詳しいことは知りません。もし詳しくお知りになりたかったら、書庫でお調べください。小さな書庫ですが、村の伝説を集めた本などもあるようです」

書庫と聞いてロベルトの顔が輝いた。

「書庫はどこなのですか？」

「一番西側の部屋です」

「後で行ってみます」

「ええ。それであなた方の部屋ですが、丁度、祭壇の両側の部屋が空いているので使ってください。昼に鐘がなったら、一番東の部屋においで下さい。食卓を囲む場です」

「分かりました。では荷物を運び込みます」

「お手伝いは？」

「大丈夫です。二人でできますので」

「では……私はこれで……」

トロネス司祭は、小さく頷《うなず》くように頭を下げると、眉間《みけん》の皺《しわ》をより深くして、足早に歩いていった。

「やれやれ、トロネス司祭の仏頂面は、ベネディクト会士というより、気難しいシトー会士のようだな」

ロベルトはそう呟《つぶや》くと、居所《シエル》のドアを開けた。

平賀も一緒に部屋を覗《のぞ》く。

居所《シエル》の中は結構広く、三十三平米ほどあろうかと思われた。

部屋を支える柱は、葡萄《ぶどう》の木の装飾が施され、天井にはキリスト受難の物語がタイルで描かれている。部屋の北の隅には銀製の大きな十字架が取り付けられてあった。

また東の隅には黒光りする洒落《しゃれ》た猫脚の机があって、その前には古い鏡が掛かっている。

それと真向かいにして、ベッドが存在していた。そのベッドの後ろの壁には、天使達が群れる様子が銀箔《ぎんぱく》を貼られた彫琢《ちょうたく》をされていて、それぞれが叫んでいるのか、歌っているのか口を開いていた。

年月を経るうちに、銀箔がところどころ禿《は》げた天使達の姿は、まばらなくすんだ色合いで、どこか薄気味悪くも感じられる。ベッドの脇には作り付けのクローゼットがあった。これも黒光りしていて、相当古いものであることは明白である。

ただ、居所《シエル》としてはかなり豪華な造りだと言わざるを得なかった。

「ふむ。その昔、ここの修道士達は良い暮らしをしていた様子だね。やはり例の聖人エリギウス像は本物の金製かもしれない……。さて、では荷物を運び込むとしようか」

「ええ、そうですね」

平賀は頷き、ロベルトとともに教会の空き地に止めてある車へと引き返した。

二人は車から次々と荷物を各自の部屋へと持って行った。

平賀は、荷物を運び終え、荷解《にほど》きをすると、居所《シエル》のドアを閉めた。

机の上にノートパソコンと各種の化学反応を見る試験薬、ビーカー、フラスコ、電子顕微鏡、用途別の写真機、成分分析器などを並べていく。

写真の現像液などは、クローゼットの中に置いた。クローゼットは写真フィルムの現像に使う暗室として利用するからだ。

平賀の部屋は、たちまち小型の実験室の様相を呈した。

あとは、必要と判断したものがあれば、バチカンの機械技術部にいるローレンに連絡を取り、送ってもらうことになっている。

平賀はまず、礼拝の時に撮ったビデオをパソコンの画面で確認し始めた。

角笛が鳴り始めた時間。そして角笛の鳴る間隔を正確に計る。

そしてイエス像が色づき始めた時の環境状況を念入りに調べた。

一つ平賀が気づいたことは、礼拝の時に見えた虹色の光や光輪が、一切、ビデオには映っていないことであった。

霊的なものであるから、カメラでは捕らえきれないのかもしれない。しかし、その割には角笛の音も、イエスが生きているかのような皮膚の色に変化していくさまも、しっかりと記録出来ている。

何故、光の奇跡はビデオで捕らえられなかったのだろう？

平賀は、まずその疑問から解こうと考えた。

そこでロベルトの部屋に行き、そのドアをノックした。

「どうぞ」

ロベルトの明るく澄んだ声が聞こえた。

中に入ると、ロベルトは机の椅子に軽く足を組んで座っていた。

彼の仕事道具はノートパソコンと色鉛筆、小型のデジタルビデオカメラ、束になったトレース用紙だけである。

「何か奇跡について分かったことがあったかい？」

ロベルトはにこやかに訊《たず》ねてきた。

「ええ、それが不思議に思うことがあるのです」

「なんだい？」

「ビデオカメラや録音機には、他の奇跡は納められているのですが、光の奇跡だけが現れていないのです。それでロベルト。貴方《あなた》の見た光の奇跡の状況をお聞きして録音しておきたいと思いまして……」

平賀の手にはすでに小型録音機が握られていた。

ロベルトは頷いて、自分が見た奇跡の一部始終を詳細に語った。

ロベルトが語り終えると、平賀は日付と時間を録音してスイッチをオフにした。

「不思議ですね」

「何がだい？」

「貴方の見た光の奇跡と、私の見た奇跡は少し違うのです。私の場合、祭壇の左右から虹色の光が流れ出してきて、それが円形状に広間を包み込んだように見えました」

「なる程……」

ロベルトは考え込んだ。

「何故、違うのだと思いますか？」

「そうだね……。そういうことは僕の専門じゃないけれど、俗っぽい意見として、違う人間が同じ場所で、違う物を見たとなると、その人間のパーソナリティだとか、心理状態だとかの違いだと、普通なら考えられるところだ。もしくは幻覚だね。だけど、これは奇跡なのだから、そんな理屈は通用しないかもしれない」

「パーソナリティと心理状態の違い……。もしくは幻覚。その説も候補の中に入れておきます」

平賀は立ち上がった。

「どこへ行くんだい？」

「とりあえず、まずは他の神父達に今日の奇跡が彼らにどう見えていたのかを聞きに行きます」

平賀はロベルトの居所《シエル》を出て、まずはヨブ神父の部屋を訪ねた。

若き神父は顔を上気させながら、光の奇跡について語った。

「広間の中央に、天井の窓から強い光が降り注いできました。それは光の柱となって、その中央にはイエス様の姿がありました」

「その奇跡は、常に同じようなものですか？」

「はい。でも時々、違うこともあります。そう……時には、幾つもの虹が広間に現れることや、硝子《ガラス》ケースに入っているイエス様御自身が、強く輝かれることなども……」

「分かりました。有り難うございます」

平賀はやはり、日時を録音機に吹き込んだ。

次に訪ねたのはエヘミア神父の部屋であった。

「光の奇跡についてですか？　そうですね、私の場合、今日見たのは、まるで天国のような光が広間に満ちあふれ、マリア様の差し出された両手の指から光の筋が発せられるところです」

エヘミアは穏やかな表情で答えた。

アブラハム神父のところを訪ねてみると、彼は聖書を片手にドアを開けた。

丁度、マタイによる福音書を朗読していたところであるという。

「邪魔をしてしまって申し訳ありません」

平賀が謝ると、アブラハムは大きく首を振って、平賀を部屋に招き入れた。

「私は聞きたいのですが、何故、二度もバチカンの使者の方が来られたのですか？　バチカンはこの教会での奇跡に疑いを抱かれているのでしょうか？」

「いえ、調査を厳正にする為です。奇跡認定は容易なことではないのです」

「それは無論、分かっていますが……」

アブラハムは多少、不服そうである。

「奇跡調査にご協力下さい。貴方が今日見た光の奇跡について話をしてもらいたいのです」

「私が今日見た奇跡は、平賀神父もごらんになったでしょう？」

「ええ、でも確認の為にお願いします」

「司祭様が、ことばの典礼を始められて暫《しばら》くしてから角笛の音が教会に鳴り響きました。

七度目の聖なる角笛が鳴った頃、赤い燃え立つような光が祭壇に現れました。その中には光に包まれた聖ペテロが立っておられた。聖ペテロは、『ここに神の御業あれ！』と言われ、その両脇に虹《にじ》が現れました。それが礼拝が終わるまで続いたのです」

「待ってください。聖ペテロが『ここに神の御業あれ！』と言われたのですか？」

「ええ、貴方はそれを聞かなかったのですか？」

アブラハムは怪訝《けげん》な顔で言った。誰もがそれを見て、聞いたと信じている様子である。

この様子では、神父達同士で、奇跡についての会話を余りしていないに違いない。

それも不思議なことだと、平賀は思った。

最後に平賀はトロネス司祭の部屋を訪ねた。

小型の方形状の祭壇が奥に設置された司祭室には、むっとするほどの香の匂いが立ちこめていた。トロネス司祭はストーラを首に掛け、大きなテーブルに座っていた。手元には祈禱《きとう》書と聖水の小瓶が置かれている。

まるで今から悪魔祓《ばら》いでも始まりそうな雰囲気である。

トロネス司祭は、平賀が奇妙な表情をしたことに気づいた様子だった。

「気にしないでくれたまえ。私は毎夜、悪魔祓いをする習慣なのだよ」

「何故、毎夜？」

「この土地には忌まわしい伝説も多いからね。特に教会の裏の森は、悪魔の住む場所として恐れられている。この土地に漂っている悪魔達を教会に侵入させない為に、こうして悪魔祓いを続けているのだ」

「そうですか……。今日は今朝の礼拝の光の奇跡についてお話をしていただこうと思って来ました」

「奇跡について？」

「ええ、見たままのことを」

「説法壇に立っていると、角笛が響き、広間全体に大きな虹がかかりました。それだけです」

トロネス司祭は、実にそっけなく答えた。

「その他には何も見なかったのですか？」

トロネス司祭は、ぴくりと苦い表情をした。

「別に……何も見てはいません……」

いくら人の感情に鈍感な平賀とはいえ、トロネス司祭の様子が不自然であることは感じ取れた。

トロネス司祭は何か他にも見ているに違いない。だが、それを喋《しゃべ》りたくはないのだ。

何故なのだろう？

平賀が黙ってトロネス司祭を見つめていると、トロネス司祭は沈黙に耐えかねたように口を開いた。

「大体、私はバチカンからの奇跡の認定など恐れ多いことを望んではいないのです。申請書は私の反対を押し切って、神父達が勝手にバチカンに送った物です。彼らは奇跡に有頂天になっていて、この村のことを考えていない。この村は、田舎の静かで平和な村です。もしこの教会の奇跡が公に報じられでもしたら、色んな所から知らない人々が大勢詰めかけてくるでしょう。そうなると村の平和《パーチェ》が壊されてしまいます。物価だって高騰するでしょうし、きっと、事件や事故なども起こるというものです。どうか、この教会のことは静かにしておいてもらえませんか……」

「自ら、主の栄光に背を向けられるのですか？」

「私ごときものに、主の栄光は勿体《もったい》ない物です」

「お気持ちは分かりましたが、私たちもこれが使命ですから」

平賀はトロネス司祭の部屋を出て、廊下を歩きながら考えた。

『光の奇跡』に関しては、体験した者によって違うことが確認された。

だが、奇跡を体験していないという者もいない。

幻覚だとしたら、異常な興奮状態による集団幻視ということもあるのだろうが、自分とロベルトはそれには当てはまらないはずだ。

少なくとも奇跡に対して冷静な二人である。集団幻視に巻き込まれる確率は、限りなく低い。その二人ですら奇跡を体験している。そういう意味で奇跡は確かに起こっているのである。

では、やはりパーソナリティや心理状態が奇跡体験に影響しているのか？

奇跡は霊の仕業である。人間の魂も根本は霊であるわけだから、その魂の癖が奇跡に影響することもあるのかもしれない。

あるいは、もっと違うなにかなのか？

その時。

おおおーん。

と、角笛の音が響いた。

トンネルの中で角笛を吹き鳴らすような音だ。教会全体の空気が波のように激しく揺れた。

おおおーん。

それぞれの居所《シェル》から神父達が出てきた。ロベルトも出てきて、平賀の肩に手を置いた。

「こんな時間にでも鳴るのですね」

「ええ、時々あることです」

アブラハム神父が答えた。

平賀は、じっと周囲を眺めたが『光の奇跡』は起こっていなかった。

「ロベルト、広間に行ってみましょう」

ロベルトは頷《うなず》き、すぐさま自分のデジタルビデオカメラを持ってきた。

二人は広間へと急いだ。

角笛の音は、当然のことながら広間でも響き渡っていた。まだ、『光の奇跡』は起こっていない。

ロベルトはビデオカメラを回し始めた。

五分ほど経ったとき、平賀の視界に虹色の光がちらつき始めた。

「ロベルト、光が見え始めました。ビデオには映っていますか？」

平賀が広間の玄関口から叫ぶと、祭壇の近くにいたロベルトは、大きく頷いた。

「画像の中に光が見える！」

平賀はすぐさまロベルトのもとに歩み寄った。

ビデオカメラの画像を覗《のぞ》くと、確かに静電気を帯びたような青白い光がはじけている。

「本当ですね」

「ああ、マリア像の後ろにも光が射しているよ」

ロベルトは少し興奮気味に答えたが、平賀にはそんな光は見えなかった。

だが、ロベルトにははっきりと見えているようだ。

平賀は硝子《ガラス》ケースの中のキリスト像を見てみたが、その皮膚の色に変化はなかった。

そうしていると、角笛の音がぴたりと止んだ。

不意に教会の空気が凍ったように静止する。

二人は暫《しばら》く呆然《ぼうぜん》と辺りを見回した。

七色の光は暫く教会内に漂っていた。それが徐々に薄れていき、無くなってしまう。

後に残されたのは、ステンドグラスから漏れてくる暗い赤紫色の光に満たされた空間であった。

『光の奇跡』の謎は、平賀の心を鷲掴《わしづか》みにした。

光とはたんなる物質的なものを超えた存在である。

聖書の中で、神は常に光とともに見いだされる。

例えば、光は神の最初の創造物であったし、「神は近づきがたい光の中に住まわれる」「神は光の衣を纏《まと》う」「イエスは光としてこの世にこられた、全ての人々を照らすまことの光であった」と述べられている。

カソリックのみならず、クリスチャンにとっても神が光であることは宗教的な真実なのだ。

神の光の謎を解く。平賀の胸は高鳴った。

そしてロベルトのビデオカメラを借りると、すぐに居所《シエル》に戻って、映像を検証し始めた。

2

ロベルトはあっけなく平賀が居所《シエル》に戻ってしまったのを見て、やれやれと思った。

奇跡の感想や感動を少しでも分かち合いたかったからである。

だが、平賀がそんな感傷的な人間ではないことは十分知っている。

もうすでに平賀の魂は、宇宙の法則に導かれ、別の惑星の怪しい磁力に引きつけられて、ここには存在していないのだ。

ロベルトは、そんなことを思いながら、改めて教会の中を見渡した。緻密《ちみつ》な支柱の飾り、そして優雅な線を描くシャフト。そこから分岐するリブや横断アーチ、そして大アーケード・アーチなどの丸くて細長い棒状の要素。見事なステンドグラスの数々は中世の硝子技術がそのまま残っているせいであろう。

硝子を通過してくる日の光は、深く暗い色彩を漂わせている。

その為、広間にいる自分の体はほの暗い空気の塊の中に溶けてしまうように感じる。そうして、精神だけがステンドグラスの織りなす光の物語の強い力によって、その聖なる深層部に引き寄せられていく。

見事な設計と技術である。

これだけの物を造り上げた者なら、必ず名のある建築家であろう。

こうした建物が、一切、これまで世に取り上げられていなかったことが不思議である。

そして村に伝わる首切り道化師の伝説。

ロベルトは教会とこの村自体が抱える歴史的な謎に好奇心をそそられていた。

そこでロベルトは内陣に戻り、一番、西側にあるという書庫へと足を運んだ。

書庫の入り口は、他の部屋とは一線を画すように真鍮《しんちゆう》製の飾り枠があった。

そっとその扉を開くと、紙と様々なインクの匂いがロベルトを包み込んだ。

その匂いを肺一杯に吸い込み、書庫を見渡すと、一角に、ステンドグラスではない大きな窓が設けられていて、日の光がそこから降り注いでいた。そして光が当たる場所には、机と椅子があった。

本を読むために設けられた特別な場所なのであろう。

机へと近づいていく。

机の上には、埃《ほこり》が積もっていた。

どうやらここの修道士達は知の探求に熱心ではない様子だ。

長い間、忘れ去られたような感のある書庫であった。

ペン立ての中に羽根ペンがあった。羽根は茶色く変色していたが、金細工の軸の部分から高級なものと窺《うかが》える。その横に、一列に並んだ六つの硝子の瓶があった。

そして一つ一つの硝子瓶の中には、すっかり固形化したインクが残っていた。

ロベルトは小瓶の蓋《ふた》を開けながら、中のインクの匂いをかいだ。

セピア（烏賊《いか》の黒色色素）。

アルメニアン・ボーロ（赤土インク）。

ミュレックス（アッキガイから取り出した紫インク）。

レス（黄土インク）。

泥金。

そして実に珍しい緑色のインクだ。

ロベルトはその色目と匂いから、インクの正体は緑青《りょくこう》（ロカオ）であろうと推測した。

古い時代、中国からヨーロッパに輸入されたインクである。

片田舎の教会にこのようなインクがあるということも驚きだ。

次に、ロベルトは片眼鏡《モノクル》をつけ、書庫の本棚の隅々まで見ていった。

ロベルトが見る限り、蔵書の中で一番古い物は十二世紀頃の製本であった。

木製の表紙がつけられ、糸で綴《と》じられた本には、象牙《ぞうげ》細工が施されている。

これが十二世紀頃の製本の主流であった。

教会の年代から考えて、この辺りに歴史の初期の頃が記されているだろうと思いながら眺めていたロベルトは、異様な本のタイトルに目を奪われた。

それが鏡文字であったからだ。

鏡文字と言えば、いわずと知れた『悪魔との契約書』に用いられるものである。

多々の装飾的技巧によって、不可解な模様のように見えるその文字ではあるが、こうした文書を読むのに慣れたロベルトは、すぐに本の題名を読み下した。

AZΩη（アゾート）。

特別な言葉であった。

アルファベットの最初の文字と、ラテン語、ギリシャ語、ヘブライ文字の最後の文字からなるこの言葉は、全てのものの始まりと終わりを意味する言葉と解釈されていて、『賢者の石』の異名である。

現代では、水銀のことであろうとされているが、十六世紀に活躍し、硝子のフラスコの中で小人を創造したとされる希代の錬金術師パラケルススが、彼の持つ水晶の柄の頭に封じ込めていた悪魔の名前もまた同じであった。

しかも、ＡＺΩη（アゾート）は二冊あった。

表紙が違っている為、同じ内容ではないようだ。

ロベルトは二冊の製本時期の記録を見てみた。

同年である。しかし、日付だけが二日ほどずれていた。

書き手のサインは、ガブリエル・マルコとある。

そっと本を開いてみると、どうやら内容はギリシャ文字で書かれているようだ。

何故、二つ書く必要があったのだろう？

ロベルトは怪しさを感じた。

本の中は全て鏡文字になっていた。

鏡文字には、それぞれの流派によって、特異な装飾があるため、一般の人間が見ると、見知らぬ外国語、例えば、近い線でいくとアラビア語のように見えるのである。

だが、そんな目眩《めくら》ましは彼には通用しない。

鏡文字など読みつけている彼は簡単に文字を拾うことができた。

ただギリシャ語として読むと、文章は全く意味をなさなかった。

だが、それもさしたる問題ではない。九世紀から十二世紀にかけて、アラビアや東洋の学者達が様々な暗号を生み出していた中で、ヨーロッパだけは暗号の暗黒時代に入っていた。

十三世紀になって、フランシスコ会士であった万能の才人、ロジャー・ベーコンによって本格的な暗号の紹介と解読法が発表され、それが活用される十四世紀までの間に、用いられていた暗号的なものはたった一種類しかない。

伝統的なヘブライ語の置換方式アトバシュである。別名は、シーザーズコード。

例えば、「A《エー》（アルファベット1文字目）をZ《ゼット》（最後から1文字目）に」、「B《ビー》（2文字目）をY《ワイ》（最後から2文字目）に」というように置き換えていく方法で、この本の場合、「A《アルファ》（ギリシャ語1文字目）をZ《ゼータ》（最後から1文字目）に」、「B《ベータ》（2文字目）をΨ《プサイ》（最後から2文字目）に」という具合に置換されていた。

アトバシュを用いた書物を幾度となく読んできたロベルトは、頭の中でそれらの文字を自動的に置き換えることができる。

ロベルトは、いそいそと二つの本を手に取ると、木漏れ日で明るい机の上に並べて置き、椅子に座って読み始めた。

――聖なるかな。この教会の歴史は一一六四年二月三日。この年こそが新しき元年。新しき法に基づき、偉大なる方が秘密の楽園として造られたこの教会には、以下の領土があった。

地図が描かれていた。その地図から推測すると現在のモンテ村の殆《ほとん》どが教会の領土だったらしい。そしてそこで穫られた作物の税の記録や、鉄類や木材の備蓄などが記されていた。それを見る限り教会は放漫な財政を営んでいる様子だった。

しかし、教会を建てた主の名前は何処《どこ》にも記されていなかった。建設者の名前もである。

これはいよいよきな臭い。ロベルトは読み進めた。

――偉大なる方は上の楽園には、主イエスとマリアを祀《まつ》られ、下の楽園にはΑΖΩη（アゾート）を祀った。そして不品行な農民達が怠けて畑を抜け出さないように、あるいは呪いをかけて教会に仇《あだ》をなす女達を取り締まるように、周囲の森に番人を配置させた。

絵が描かれていた。それはまだら服を着て、鍔《つば》広帽子を被《かぶ》り、大きな鎌を持った番人らしき男が、みすぼらしい格好をした農夫を押し倒して、鎌を首に突き刺していたり、女達を簀《す》巻《ま》きにして、川に放り込んだりしている絵であった。

おそらく、この番人の存在が、首切り道化師の原型となったに違いない。

その後、暫《しばら》く教会が行ってきた法典や施し、そして魔女裁判などの記録が続いたかと思うと、タイトルはいきなり、『死を追い払った阿呆者《あほう》』となった。

――村には一人の阿呆者がいた。

なにをしても役にたたないばかりか、とても大食らいだったので、彼の母親も愛想を尽かし、彼を家から叩《たた》き出してしまった。

阿呆者は仕方なく村中を回って乞食《こじき》をしていたが、ある日、大きな鎌を持った、まだら服の男が、偉い人の家に入っていくのを目撃した。

阿呆者はその男が死神であることを直感した。

死んだ父親から死神の姿や、死神が人を死に導く方法を教えられたことがあったからだ。

阿呆者が偉い人の家を訪ねると、やはり偉い人は重い病気にかかって寝込んでいた。

死神がその足下にいる。

しかし、その姿は家族にも誰にも見えない様子だった。

そこで阿呆者は言った。

「死神がその方の足下に立っていますよ。今はまだ大丈夫ですが、死神が頭の方へと移動したら、その方の魂を獲っていってしまいます」

家族は驚いて、阿呆者にどうしたらいいのか？　と訊《たず》ねた。

「石榴《ざくろ》を一つ取ってきてください」

そこで家族は石榴を取ってきて、阿呆者に渡した。

阿呆者は偉い人の眠っている側に座って、死神の動きを見ていた。

死神はじわじわと偉い人の頭の方へと近づいてくる。

そうしてあと一歩で偉い人の頭のところに立とうという時、阿呆者の合図で家族が偉い人の体を皆で持ち上げ、頭と足を逆方向にした。

死神がいきなり目標を見失っておたおたしている時、阿呆者が石榴を死神に渡した。死神は、それを偉い人の魂だと勘違いして去っていった。

そして阿呆者はたいそうなお礼をもらったそうな。

（面白い話だな……。もともと鎌を持ってまだら服を着た死神というイメージがあって、その死神の格好を森の番人達が真似たのかもしれない。素朴な村人にとっては死神の姿をした番人がうろついている様子は恐ろしいものだったに違いない）

ロベルトは次のページを捲《めく》った。

タイトルは『誘拐された子供達』だ。

昔、昔、村にはまだらの服を着て、赤い帽子を被った道化師がいた。

その道化師は、偉い方に仕えていて、立派な服こそ着ていたが、道化師があまりに小男で醜かったので、村人はいつも彼のことを蔑《さげす》み、笑っていた。

時々、牛をけしかけて、道化師を角でつかせるという悪ふざけをすることもあった。

だが実は、その道化師の正体はかつてソロモン王に仕えた悪魔だったのだ。

ある年、カラスの大群が村にやってきた。

カラス達は村で実る農作物をことごとく食べてしまうので、このままでは飢饉《ききん》になるだろうとおそれられた。

その時、道化師がカラスを退治すると名乗り出た。

そのかわり、と彼は言った。「私が見事にカラスを退治できたならば、村中の人間が私の靴をなめなさい。そう約束するならば、カラスを退治しましょう」

村人達は困り果てていたので、道化師の言い分を聞くと約束した。

すると道化師は村で一番高い木の上にするすると登っていき、ソロモンの角笛を吹き鳴らした。するとカラス達がどんどんと村から出て行ってしまうではないか。

カラス達は角笛の音を、神の声だと思って、恐れて去っていったのである。

カラスをすっかり退治した道化師だが、村人はいざとなると、彼の靴をなめることをしなかった。誰もが、「お前のような道化師の靴をなめるなんて、恥さらしなことができるものか」と口々に言ったのである。

そして一袋分の石榴を道化師に渡すと、「礼などこれで十分だ」と言った。

道化師はただ一言、「こんなものに私は騙《だま》されない。これは人の魂ではなかろう。約束を破ったらどのようなことになるか思い知るがいい」と言い残して去っていった。

村人達は誰一人、道化師の言うことなど気にしなかったが、翌日、目覚めてみると村中の家から子供がいなくなっていた。

それで村は大騒ぎになった。そんなところに二人の子供が村に戻ってきた。一人は足の悪い子供で、もう一人は目の見えない子供だった。

村人が二人に他の子供達がどこにいったかと聞くと、足の悪い子供が答えた。

「道化師に、あっちっちの井戸に連れていかれたよ。友達は井戸の中に入ったきり、出てこなかったんだ」

そこで村人達はあっちっちの井戸へと駆けつけた。

一人の勇気のある力自慢の男が、井戸の中に降りてみた。

しかしそこには子供の姿は一人もなくて、井戸の奥は塞《ふさ》がれていた。

代わりに大きな鎌を手にした道化師が立っていた。そして男の姿を見るやいなや大鎌で、男の首を切り落としてしまった。

それを見ていた村人達は恐れをなし、二度と、井戸には近寄らなかった。そして子供達も帰ってくることはなかった。


内容が、ハーメルンの笛吹男と酷似している。だが、実は内容的に似た物語は、ヨーロッパ各所の古文書の中に見いだせるのだ。

ロベルトはこういう類《たぐい》の物語を読む度に、怪人が大勢の子供を連れ去ったというのは、どういう背景で描かれたものだろうかと考察してきた。

勿論《もちろん》、様々な通説はあるが、それらの通説には、今一つ納得がいかないのである。

とりあえず、それを考えるのは先送りにして、続きのページを捲ってみる。

『三つの石榴の愛』というタイトルが出てきた。

先の二つとは違い、イタリア人なら誰でも知っている童話である。

だが、どこか忌まわしい臭いのする奇妙な童話であった。

物語はロベルトがよく知っている出だしから綴《つづ》られていた。

――ある王子が、テーブルで食事をしていた時、リコッタを切りながら指を傷つけてしまった。一滴の赤い血がリコッタの上に滴ったのを見た王子は、母親に言った。

「お母さん、僕は乳のように白く血のように赤い女の人が欲しいんだ」

「何を言っているの息子よ。白い人は赤くはないし、赤い人は白くはありませんよ。でも探せば見つかるかもしれないわね」

そう言われて、王子は旅に出ました。

旅の末、王子は一人の小柄な老人に出会いました。

「お若いの、どこに行きなさる？」

老女が訊ねるので、王子は答えました。

「あなたはお年寄りだから、僕より色んな事を知っているでしょう。どこかに乳のように白く、血のように赤い女の人はいないでしょうか？　僕はそんな人を探して旅をしているのです」

すると老人が答えました。

「お若いの、白い人は赤くはないし、赤い人は白くはない。しかしこの三つの石榴を持って行って、あとで開けてみてごらん、何が飛び出してくるか。ただし、泉の近くでそうするのだよ」

そう言われて、王子は石榴を持って、泉の近くで石榴を開けました。

すると乳のように白く、血のように赤い、それはそれは美しい女性が石榴から飛び出してきたのです。その女性は飛び出してくると、すぐに叫びました。

黄金の唇の若者よ、わたしに飲み物を下さい。さもないとすぐに死んでしまいます。

王子は手で泉の水をすくい、彼女に差し出したが、その時には間に合わず、美しい女性は死んでしまいました。

一冊目の本に書かれた物語は、ロベルトが幼い頃に読んだ内容とほぼ一致していた。

王子は二番目の石榴から飛び出してきた女性も死なせ、やっと三番目に飛び出してきた女性を助けることが出来る。

ところが王子が城に帰って女性を迎える準備の間に、女性は醜いサラセン女に殺されてしまうのだ。サラセン女は迎えに来た王子を口車であざむき、自分が王子のもとに嫁いでしまう。

だが、ある時、不幸な老婆に王子が石榴《ざくろ》を施してやる。するとその石榴からサラセン女に殺された女性が出てきて、老婆にことの一部始終を語るのだ。

老婆は女性を日曜日にミサに連れて行き、その姿が王子の目にとまる。

王子は女性の口からサラセン女の悪行を知って、サラセン女を処刑する。

だが、新しい方の本では物語の後半が違っていた。

サラセン女が処刑されたあと、王子は改めて女性に求婚する。

すると女性は王子に向かって言う。

「黄金の唇の若者よ。私が貴方《あなた》と結婚をした夜に、貴方に黄金の山を贈りましょう。何故なら、それが貴方には相応《ふさわ》しいから」

王子は美しい花嫁とともに、黄金の山を手にいれられるかと思うと、わくわくして眠れなかった。だが、夜中目を覚ましていると、花嫁の部屋から恐ろしい悲鳴が上がった。

慌てて王子が駆けつけると、花嫁は首を切られて死んでいた。

そして、まだらの服を着て、大鎌を持った道化師が、窓から逃げていった。

王子は絶望の淵《ふち》で呟《つぶや》いた。

――ああ、仕方ない。花嫁は死神に取り憑《つ》かれていたのだ。

どの物語にも石榴と、まだら服の鎌を持った道化師が登場する。

ロベルトは気になっていた謎の人物の像にも石榴が彫琢《ちょうたく》されていたことを思い出した。

偶然か？

なんの暗示なのだろう？

気になりながらも、ロベルトは二冊目の本の次のページをそっと開いた。

『ソロモンの忠告』

これもイタリアでは有名な物語だ。

読み出そうとした時、鐘の音が鳴り響いた。

どうやら昼食時のようである。

ロベルトはモノクルを外し、本を閉じた。

続きは後でも良いだろう。

書庫を出て、食卓のある部屋へと歩いていく。内陣の祭壇前を通り過ぎようとすると、平賀の部屋のドアが、ぎっと開いた。

中から、深刻な表情をした平賀が出てきた。

「どうだった、ビデオカメラに収めた『光の奇跡』の具合は？」

「それが……最初に観察している時には光が認められたのですが、段々と、映像の中の光だけが消えてしまったのです」

ロベルトは、ぽかんとして瞳《ひとみ》を瞬いた。

「どういうことだい？」

「私にも良く分からないのです。ですが、まだここに来て数時間しか経っていません。もっと調査を重ねていけば、何か手がかりが摑《つか》めるかもしれませんし、今は奇跡ともなんとも言えません」

平賀はいたって冷静な口調で言った。

「ロベルト、貴方の方は何か成果はありましたか？」

「さて、成果かどうかは分からないが、気になる古書を見つけたよ」

「気になる？　どんなものです？」

「鏡文字で、童話が書いてある」

「童話……ですか……」

不思議そうな顔をした平賀の肩をロベルトは、ぽんと叩《たた》いた。

「後でゆっくり話すよ。それより今は食事だ。丸十一時間以上何も食べていない」

「ああ、そう、そうでしたね……」

平賀は初めて空腹に気づいたようすであった。

第四章　乳のように白く、血のように赤き死体

1

トロネス司祭や神父達とともに昼食を終えた平賀とロベルトは、平賀の提案で、教会の広間に二十四時間態勢でビデオカメラを二台設置することになった。

同時に温度計や湿度計、録音機なども取り付ける。

それらの作業を心配そうに神父達が見守っていた。トロネス司祭の姿だけがない。

平賀はロベルトに近づいていって、耳打ちした。

「トロネス司祭の態度は不自然じゃありませんか？」

するとロベルトは薄く笑った。

「君にも分かるくらいに丸わかりだ。トロネス司祭はしごく不自然だね。首切り道化師と奇跡の話になると、急に不機嫌で無口になる」

「毎夜、悪魔祓《ばら》いをしているとも言ってました。私たちの知らない何かを、知っているのでしょうか？」

「とも考えられるけど、簡単に口を割るタイプでもなさそうだ」

「気になりますね」

「大丈夫、突破口はあるさ。それより、この作業が終わったら少し眠った方がいいだろう。この二日、ろくに寝てやしない。思考回路が鈍っている」

「ああ、そうですね。そうかもしれません」

平賀は、なんだか指の先から砂がこぼれ落ちていくように纏《まと》まらない自分の思考を振り返って、ロベルトの言うことはもっともだと感じた。

そこで二人は作業を終えると、神父達に挨拶《あいさつ》をして、夕方まで軽い仮眠を取ることにした。

平賀は居所《シエル》に戻り、服を脱いで下着姿になると、時計のアラームをセットして広いベッドに横たわった。

彼の睡眠はいつも健やかであった。

寝ころぶと同時に、すぐに眠りの精が降りてきて、彼の額に手を置く。すると平賀は夢一つ見ない深い睡眠へと誘われるのだ。

チチッ。

チチッ。

チチッ。

アラームが鳴った。平賀は目覚め、アラームを止めると、ベッドから起き上がった。きっかり三時間の睡眠を取った。頭はクリアになっている。

服を着て、居所《シェル》を出る。

朝方は肌寒かったのに、今は少し蒸し暑い。

奇跡の起こる広間へ行くと、神父達が床にモップをかけたり、座席を拭《ふ》いたりして掃除に励んでいるところであった。

平賀はビデオが問題なく機能しているかを確認し、湿度計と温度計を見た。

湿度は三十七パーセント。気温は二十五度である。

朝確認した時には、湿度は五十八パーセント。気温が十一・五度であった。

「朝は寒くても、ずいぶんと暑くなるのですね。この辺りはいつもこんな風ですか？」

平賀は側にいたヨブ神父に質問した。

「ええ、大体こんな気候です。この地域はとても複雑な地形でして、年間の気候変動は余りありませんが、朝方は海の方から寒い風が吹く一方で、それが終わると山からくる風が、熱くって……ええっと、なんて言いましたっけ。フェー……フェ……」

「フェーン現象ですか？」

「そう、それです」

「なる程、有り難うございます。よく分かりました」

平賀は丁重に頭を下げた。

そして硝子《ガラス》ケースの中にいるキリスト像を見た。

「この像に触れることは無理なのでしょうか？」

「それはなりません。この教会の者でも直接触れることは許されていないのです」

アブラハム神父が、ぶるぶると頬をふるわせながら歩いてきた。

「そうですか……。気になさらないで下さい。観察物に触れられないことは、奇跡調査では良くあることです。ところで、キリスト像の変化というのはいつ頃から始まったのですか？」

アブラハム神父は少し考えてから答えた。

「最初に角笛と光の奇跡が起こってから、一週間も経たないうちに変化が現れたのです」

「つまり、最初は奇跡は角笛と光だけだったのですか？」

「ええ、そういうことですな」

アブラハムが、それがどうかしたのかという怪訝《けげん》な顔で答えた。

奇跡は二段階に分かれて現れた。最初は角笛と光。それからキリスト像の変化。

そう言えば、昼間、角笛が鳴り響き、光の奇跡が起こったときは、キリスト像は変化しなかった。角笛と光の奇跡は連動しているが、キリスト像の変化は連動していないのかもしれない。

何故か？　それが問題だ。

とにかくそれを確定し、解明するにはもう少しデータが必要だろう。

平賀はそう判断し、内陣の方へ戻った。自分の居所《シエル》に入ろうと祭壇の所まで来た時、ロベルトが向かい側から歩いてきた。手に紙の束を持っている。おそらく紙の束はロベルトが古書をトレースしたものであろう。

「やあ、よく眠れたかい？」

「ええ、頭がすっきりしました。貴方《あなた》は何処《どこ》に行っていたのですか？」

「書庫さ。童話の続きを読んでいたんだ。最後の一話をね」

「どんな内容だったのですか？」

「ふむ、そうだね。僕の部屋で話そうか？」

「是非。私の方の調査は時間待ちなので」

ロベルトはほほ笑むと、自分の居所《シェル》のドアを開け、平賀に入れと合図した。

平賀はロベルトの居所《シェル》に入った。

ロベルトの居所《シェル》は平賀のものと比べて、ずいぶんとすっきりしている。

同じ造りの部屋でも雰囲気が違って見えるのは、ロベルトが家具を移動したせいであろう。

机は窓の近くに置き直され、ベッドの位置も変わっていた。

それにベッドカバーなどもカラフルな色合いの物に付け替えられている。

教会から借りたのだろう。小さな円卓を挟んで、椅子が二つ置かれていた。

そして部屋の隅々まで掃除が行き届き、平賀の埃《ほこり》っぽい部屋の床に比べて、ロベルトの居所《シェル》の床は、見事なまでにつややかであった。

そう、ロベルトには習性がある。それは自分がいる場所を、全て自分流に変えなければ気がすまないという習性である。

ロベルトは、自分の快適だと思う空間を作り出す能力に長《た》けていた。いわば巣作り能力とでも言うのであろうか。

平賀がロベルトの部屋を見回して感心していると、ロベルトは紙の束を持ったまま、円卓の椅子に腰掛けた。

「君も座りたまえよ」

ロベルトがそう言って、向かいの席を示す。

平賀は頷《うなず》いて、ロベルトと向かい合って座った。

ロベルトは紙の束を捲《めく》りながら話し始めた。

「さっき、僕が読んでたのは、『ソロモンの忠告』という童話さ」

「それなら私も読んだことがあります」

「覚えてるかい?」

ロベルトが平賀を試すように訊《たず》ねた。

「ええ、大体は。確かこうです。

昔、昔、一人の商人がいた。ある日、朝早く自分の店を開けに行くと、店の前で見知らぬ男が死んでいた。もしや自分が犯人だと思われて逮捕されるのではないかと恐れた商人は、家族を捨てて逃げ出した。逃げ出した先で、商人はソロモンという名の人に雇われ、その下男になった。そして二十年が経った。

商人は突然、家族に会いたくなり、ソロモンに暇を申し出た。するとソロモンは商人に二十年分の給料を精算してくれてやった。それを受け取った商人が立ち去ろうとしたとき、ソロモンが商人を引き留めて言った。『あらゆる人々が私のところに忠告を求めてやってくるというのに、お前はこのまま立ち去るつもりか？』と。それで商人はソロモンから三つの忠告を買わされます。

確か一つ目は、『新しい道ゆえに古い道を離れてはならない』。それから二つ目は、『他人のことにだけは口を出してはならない』。三つ目が、『今日の怒りは明日に延ばしておけ』。そして最後にソロモンはパンケーキを商人に与えて『家族のものと再会するまで、これを割ってはいけない』と言った。

それから商人は故郷を訪ねる旅に出たが、途中で旅人の一団に出会って、『貴方の故郷も回りますので、一緒に旅に行きませんか？』と誘われる。しかし、商人は『新しい道ゆえに古い道を離れてはならない』というソロモンの忠告に従って、自分の道を歩き続けた。そして歩いていくと、暫《しばら》くして銃声と悲鳴と騒ぎ声が聞こえた。商人を誘った旅人の一団が、山賊に襲われて皆殺しにされていたのです。商人はソロモンの忠告に感謝します。

やがて商人は日もとっぷりくれた野原を彷徨《さまよ》い、一軒の家に宿を乞《こ》います。宿主は商人を中に入れ、夕食を作ってくれてテーブルに置きました。商人は宿主と一緒に料理を食べましたが、食べ終わると、宿主は地下室を開けました。すると地下から目の無い女が出てきます。宿主は、女のために骨で作った椀《わん》にスープを注いでやり、女の首に食べさせてやります。そして女の首が食事を終えると、再び女の首を地下室に下りさせて蓋《ふた》を閉めました。そして商人を振り返って訊ねます。『おまえさんは、今見た光景をどう思うかね？』。

商人はソロモンの忠告を思い出し、『きっと、あなたが正しいのでしょう』と答えます。

すると宿主は、『あれは私の妻なのだ。あるとき、私が帰ってきた時、愛人と一緒のところを見つけたのだ。あの女が食べていた器は、その時の男の頭蓋骨《ずがいこつ》で作ったもので、そして匙《さじ》代わりにしていた棒は、妻の目をえぐり抜く為に使った物だ。それをお前はどう思う？　私は良いことをしていると思うか？　それとも悪いことをしていると思うか？』。商人は恐ろしかったけれど、ソロモンの忠告を守って言い張ります。『あなたが正しいと思ったことをしているなら、良いことだと思います』。すると宿主は満足げに答えました。『私が悪いと答えた奴らは、今まで全て殺してきたが、お前を殺すのは止めよう』。

商人はこうしてソロモンの忠告によって、二度命拾いして、故郷へと帰り着きます。そして昔の家にたどり着くと、窓辺に明かりが灯《とも》っていて、以前の妻が美しい若者と抱き合っているのを見ました。商人は激しい怒りを覚えて、二人をすぐに殺してやりたくなりますが、ソロモンの三つ目の忠告を思い出します。そこで向かいに住む女の人に訊ねました。『あの家に住んでいるのはどういう方達ですか？』。すると女の人が答えます。『女の人とその息子さんが住んでいますよ。今日は、息子さんが神学校を出て、初めてのミサを終わらせたところなので、とてもお喜びです』。商人はそれを聞いて、ソロモンにとても感謝します。そして自分の家に入っていくと、家族は皆で喜んで抱き合いました。一家は食卓に集って、男がソロモンから貰《もら》ったパンケーキを割ると、中から三百スタード分の金が出てきました。……確かそうでしたよね？」

ロベルトは平賀を見つめ、満足そうに頷いた。

「良く覚えているね。その物語はどちらかというとサルデーニャ地方の色合いが濃い方の物語だね。『三つの忠告の物語』は、イタリアの各地に、様々な違った物語を織りなしながら語り継がれている物だ。この場合のソロモンは、きっとソロモン王に起源をなすものだと思われる。同じようなソロモンの忠告の物語は、インドやアラブ、ペルシャにもある。ソロモンと言えば、言うまでもなく旧約聖書の中に登場するユダヤの英雄王だけど、その一方では誰一人かなうことのない知恵を持った魔法使いで、悪魔を駆使して巨万の富を築いたと言われている人物だ。多くの古書の中の魔術にはソロモン王からの伝承という記述が出てくるね。

それでだね、ここの古書の『ソロモンの忠告』は、僕の知る『三つの忠告の物語』の中でも特に異色なものだった。まずは、冤罪《えんざい》を逃れようとする商人を追ってくるのは、まだらの服を着て大鎌を持った処刑人だ。そして忠告が変わっている。第一の忠告は『煮え立つ釜《かま》の中に火をくべて飛び込め。来た道を塞《ふさ》がねば、釜の蓋は開かない。ただし開いた蓋は二度とは開かない。前へと進み続けなければならない』。第二の忠告はよくある忠告。『新しい道ゆえに古い道を離れてはならない』。第三の忠告は、『金星と月が合する中、獣たちの純粋な数を間違いなく数えろ』。いずれも商人は様々な危機や怪奇に出会う時、それらの忠告を守って命拾いする。そして第三の忠告は晴れて法廷で冤罪を証明する時に役に立つんだ。ここで僕が気になっているのが、まだらの処刑人。ソロモン。石榴《ざくろ》という暗号だ」

「まだらの処刑人。ソロモン。石榴ですか……」

「ああ、そうとも」

そう言いながらロベルトは紙の束を繰って、彼が書庫で読んだ四つの物語の説明をした。

そして説明を終えると、平賀の腕を強く握った。

「君が言っていた、『まだらの道化師』の暗号のことがあっただろう？　その暗号にはじめに気づいたのはいつだったか覚えているかい？」

平賀は頭の中のページを繰った。記憶力には抜群の自信がある。数式なども扱う職業柄、特に数字に関する記憶は鮮明なのだ。

例えばハイスクール時代のロッカーの暗証番号から、幼い頃によく遊んでいた友達の電話番号まで思い出すことが出来る。

「確か……四月十四日でした」

ロベルトの目が鋭く光った。

「この教会で、最初の奇跡が起きた日は？」

聞かれた途端、平賀は、はっとした。

「四月十四日です……ね」

「関係があるとは思わないかい？」

「しかしどんな？　根拠がない限り確定はできませんよ。先入観を持って調査をすると、過ちを犯しかねません」

平賀は慎重に答えた。直感的なものを信じないわけではなかったが、彼は調査とは常に客観的でニュートラルな立場でなすものであると考えていたからだ。

「君はそう言うと思った。それはそれでいい。君の仕事はそういうものだからね。だけど僕は違う。僕の仕事はあくまでも直感が先行するものだ。神話、伝説、童話。そういうものは、忘れ去られた、あるいは秘密として伏せられた真実だと考えている。だからそれに沿って、調査する」

「しかしロベルト。私は不思議なのですが、何故、伏せて秘密にしておかなければならない事を、人はわざわざ書にして記すのでしょうか？　そんなものを書かなければ秘密は暴かれないわけでしょう？」

「人は秘密を自分の中に閉じこめておけないのさ。絶対にね。ことに秘密にしておくことで優越感を得るようなものには、それを閉じこめておく以上のエネルギーで、それを誰かに知らせたいという気持ちが働くものだ。『王様の耳はロバの耳』だよ。たとえ命の危険にさらされてもだ。だから暗号というものがこの世に生まれたんだ。知られてはいけない。だが、知られたい。実のところ暗号とはそういうものさ」

ロベルトは確信的な表情で言った。

その後、二人は神父らとともに夕食を摂《と》った。

教会の決まりでは、夜の八時に教会の扉は閉じられ、神父達はそれぞれの居所《シェル》に引きこもって（トロネス司祭によって強制的に外から部屋の鍵《かぎ》を掛けられるのだ）、それぞれの祈りを捧《ささ》げながら過ごし、十時には就寝の為に各部屋の電気が消されるということであった。

がちゃり。

と、音がして部屋の外鍵が掛けられた。

小さな覗き窓越しに、トロネス司祭がこちらを確認しているのが見える。

平賀は気にすることなく、再び朝から昼間にかけて記録した奇跡の様子を再確認することにした。

まずは録音機で録《と》った角笛の音を分析してみる。

コンピューターにデータを移し、司祭の声や周囲の雑音を消して、目当ての音源を絞り込んだ。

通常、人間が知覚できる音の周波数は二十Hzから二十kHzまでである。

ただし大多数の人は十代には既に二万Hzを知覚できず、年齢が上がるにしたがって高い周波数を聴く能力が衰える。人間の会話のほとんどは二百から八千Hzの間で行われている。

聴覚の限界より周波数が高い音は超音波、低い音は低周波音と呼ばれる。

角笛の録音を分析した限りにおいて、角笛の中心となる音の周波数は十二kHzであった。

その他に二十八kHzの超音波と、八Hzの超低周波が確認出来る。

平賀は首を捻《ひね》った。

角笛の周波は上下に揺れている。その揺れ具合から一番高い不知覚音域が、二十八kHzの超音波であることは問題なかった。

しかし妙なのは八Hzの超低周波である。

角笛の周波の波から、いきなり外れたところにそれが現れるのだ。

しかもその超低周波は、角笛が鳴り出す十分二十秒前から現れ始め、そして三分三秒前に消えている。

超低周波のよく発生する現場として思いつくのは、例えば、高速道路高架橋のジョイント部、新幹線等の鉄道トンネルの出口、冷凍機、ボイラ、ダム放水時の空気の渦、風力発電施設、下水管の共鳴などである。

その内、現場の状況から可能性があるとしたら下水管の共鳴だろうか？

音圧の方を確かめてみると、十デシベルから二十デシベル。

深夜の郊外の雑音や、葉ずれなどの自然音ぐらいのレベルだ。八十八デシベルもある角笛の音がなければ、微《かす》かに耳で聞ける程度ではあるのだろう。

だが、下水管の共鳴にしては大きいような気がした。

平賀は記録の総合的なまとめと疑問をノートに綴《つづ》った。

次にキリスト像の変化を観察する。

ビデオで撮った色の変化をサーモグラフィーとともに観察する。

色は腹部から変化を始め、ランダムに広がっていき、最終的にはブロンズだった全身が鮮やかな色彩に染まった。

サーモグラフィーでは色彩との関係は定かではなかった。

硝子《ガラス》ケースに何かを仕掛けようと近寄っていく人影もない。

仕方なく、平賀はその時の様々な状況——会衆の人数、天候から湿度、気温、照明の明度の変化、キリスト像が変化してから元のブロンズ像に戻るまでの時間などを記録した。

さて、次は『光の奇跡』の確認である。

平賀は二台のビデオカメラを再チェックした。

しかし、どちらのカメラにも『光の奇跡』は撮影出来ていなかった。

さらに不思議なのは、撮影した当初には光が写されていたはずのロベルトのビデオカメラにも、その痕跡《こんせき》が全く見あたらなくなってしまったことだ。

これにはさすがの平賀も頭を抱え込んでいた。

その時だった。

酷《ひど》く物騒がしい音がして、何者かが扉の外を走っていく足音が聞こえた。

何人かが走っていくようだった。

慌てて覗《のぞ》き窓から外を確認してみたが、暗くてよく分からない。

それから数秒経って、何かが倒れる音がして、恐ろしい悲鳴が響き渡った。

何かとんでもないことが起こったに違いない。

平賀は覗き窓から、目を凝《こ》らして外を見つめていた。

「平賀、聞こえたか？」

ロベルトの声が聞こえた。

「ええ、聞こえました」

「見に行きたいが、鍵が閉まっているから出て行けない」

「私もですよ」

「大声で、トロネス司祭を呼びましょう」

エヘミア神父の声がした。

「それしかないな。みんなで声を上げよう」

ロベルトが答えた。

それで平賀とロベルト、そして神父達は普段は決して発しないような大声でトロネス司祭の名を叫び続けた。

しかし、トロネス司祭が姿を現すことはなかった。

2

平賀達が居所《シェル》の軟禁状態から解放されたのは、朝の六時二十分であった。

サイレンの音が鳴り響き、数人の警察官がばたばたと内陣に入り込んできた。

「何があったのです？」

警察官が平賀に覗き窓越しに話しかけてくる。

「分かりません。夜中に物騒がしい音がして、悲鳴が聞こえました。それでみんなでトロネス司祭に居所《シェル》の鍵を開けて貰《もら》おうと名前をお呼びしたのですが……」

「居所《シェル》の鍵はトロネス司祭が？」

「ええ、持っておられるはずです」

警官は頷《うなず》くと、司祭室の方へと消えていった。

そして暫くすると鍵を持った警官が現れ、各居所《シェル》の扉を開いたのだった。

神父達は顔を見合わせて、不安そうな様子である。

平賀とロベルトは大勢の警察官達が動き回る気配のする広間に向かった。


——なんてこったい。

——この村でこんなことが起こるなんて……。

——トロネス司祭様は？

——それがどこにもいらっしゃらないんだ。

警察官達が顔を突き合わせて話をしている方に行くと、教会の椅子の一部が倒れていた。

辺りの床には一面に血が飛び散っていて、倒れた椅子の上に何者かが横になっている。平賀はこっそりと常に持ち歩いている綿棒を、床に滴った血に浸した。

「誰が倒れているんですか？」

ロベルトが警官達に訊《たず》ねている。

「誰だか分かりません。見たところ十二、三歳の子供のようなのですが……」

警官達は要領を得ない様子で押し黙った。

「近づいてみてもいいですか？」

「一メートル以内には寄らないでください。本部から人が来るまで現場保持して待てという指示なんです」

「ええ、大丈夫。必要以上には近づきませんから」

ロベルトが答えた。平賀はそっと綿棒をポケットに隠し、ロベルトとともに倒れている人影に近づいた。

人影は灰色の粗末な貫頭衣を着ていて、ベルト代わりの荒縄を腰のところに結んでいた。

確かに体格で言うと、十二、三歳の少年であろう。

だが、子供である以上に、その死体は異質なものだった。

血管が透けて見える異様に真っ白な肌。そして見開かれた瞳《ひとみ》は、血のように赤い。

毛髪はほとんど無かった。所々わずかに産毛が生えていたが、それらも銀髪である。

「白皮症ですね……。先天的に色素が無い病です」

平賀は、なおも少年を観察した。

「肌は乳のように白く、目は血のように赤い……」

ロベルトが呟《つぶや》くように言った。

少年の首筋、頸《けい》動脈の辺りが、ざっくりと切られていた。骨まで覗いている深い傷である。相当、鋭い大きな刃物で切られたものだろう。

「大きな鎌で切ったような跡だと思わないかい？……そうさ、童話と同じだ。乳のように白く、血のように赤い花嫁は、まだらの怪人に鎌で首を切られて殺された。それと同じ事が昨夜、起こったんだ」

「まさか……」

「あり得ないとは言えないよ」

「あり得ないとは言いませんが、科学的ではありません」

二人は尚も良く少年を観察した。

少年は横を向き、一方の足を真っ直ぐに、もう一方の足を曲げた形で横たわっている。

腕はお腹の辺りで固く掌《てのひら》を結んだ形で握られていた。

よく見ると、その手の中に、なにやら端っこの切れた紙幣らしき物が握られている。

「なんだろう、あれは？」

「見たところ紙幣のようですが……」

「教会に寄付でもしにきたのかな？」

ロベルトが本気か冗談か分からないことを言った。

「白皮症は大変珍しい病気です。被害者はすぐに特定出来ると思いますが、この村に白皮症の患者は？」

平賀は警察官に訊ねた。

警官達は各自、首を振った。

「この村にそんな病気の子供はいませんよ」

警官達はそう答えただけで、何をするわけでもなく、ぼんやりと佇《たたず》んでいた。

一応、現場保持の為に監視しているのだろうが、田舎警官のことである、何をどうしていいのか分からない様子だ。

平賀とロベルトは佇んでいる警官達から離れた席に二人で座った。

「特殊な患者ですから、身元はすぐに分かるでしょうが……」

「ああそうだね。しかし、白皮症の子供がなんでこんな片田舎にやって来て、しかも教会で殺されたんだか……」

「それより、どうやって犯人が入ってきたのかですね。教会の窓も扉口もしっかり閉まっていたはずですのに……」

「ああ、しかし今は扉口は開いている」

「犯行後に誰かが出て行った証拠ですか？　それにしてもトロネス司祭はどうしたのでしょう」

「それも大きな謎だね。犯人に攫《さら》われたということも考えられるし、心配だ。あの警官達じゃ頼りない。早く本部とやらが来てくれればいいのだが」

「ええ、そうですね」

二人が話をしていると、三人の神父達が恐れ戦《おのの》いた顔で近寄ってきた。

「このような恐ろしい事が起こってしまい、しかもトロネス司祭が失踪《しっそう》されています。ミサはどういたしましょう？」

アブラハムが言った。クリスチャンとしてはミサは毎日曜日立てるのが使命である。だが、不測の事態に神父達は動揺しきって、困っている様子だ。

平賀とロベルトは扉口の方を見た。扉口には黄色いテープが貼られていて、ミサの為に来たと思われる村人達を警官が追い返している。

「ここは今、殺人現場です。人を入れてミサを行うことは出来ないでしょう。私たちだけでいたしましょう」

平賀は答えた。

「誰がミサを立てればいいのですか？」

「ここの助祭は？」

ロベルトが訊ねた。

「私ですが……」

アブラハムが緊張した表情で答えた。

「では、アブラハム神父。貴方《あなた》がトロネス司祭の代行としてミサを立てるべきでしょう」

ロベルトの言葉にアブラハムは、ぎこちなく頷いた。

その時、数台のパトカーのサイレンの音が近づいてきた。暫《しばら》くすると、鑑識官らしき者が数名入ってきて、現場に這《は》い蹲《つくば》るようにして観察を始めた。カメラのフラッシュもせわしなく点滅した。それからまた、強面《こわもて》の男達が、六名程教会に入ってきた。おそらく本部の刑事達であろう。

坊主頭で、顎髭《あごひげ》をたっぷりと蓄えた刑事が一人、平賀やロベルト達に近づいてきて、警察手帳を見せた。

「この事件の捜査部長を務めますセルジョ・ズッポリと言います。神父様方にご協力を頂きます」

「勿論《もちろん》、主の御名に誓って、最大限のご協力を致します。ですが少しお待ちを、今からミサを立てねばなりません。もう時間なのです」

アブラハムが答えた。

「ミサですか、分かりました。お待ちしましょう」

ズッポリ刑事は、頷くと現場の方へと立ち去っていった。

アブラハムはおもむろに壇上に立ち、平賀やロベルト、そしてその他の神父達は会衆席の最前列、キリスト像の前に座った。

アブラハムは主の憐《あわ》れみを乞《こ》うた。

「今日、この教会で恐ろしき事件が起こりました。どうかそれらのことが私たちに害をなさないように、私たちの信仰の邪魔をしないように、お見守り下さいますように。主よ、憐れみたまえ」

平賀とロベルト、神父達がその言葉を追随する。

「主よ、憐れみたまえ」

さらにアブラハムは続けた。

「主よ、貴方の忠実なる使徒、トロネス司祭の身を守り、この教会にお返し下さいますように。キリスト、憐れみたまえ」

平賀とロベルト、神父達がその言葉を追随する。

「キリスト、憐れみたまえ」

アブラハムが最後の憐れみを乞う。

「この村とこの教会が悪魔の手に染められぬように、人々の信仰がこの教会から離れてしまわないように、主よ、憐れみたまえ」

平賀とロベルト、神父達がその言葉を追随する。

「主よ、憐れみたまえ」

アブラハムは聖書を開き、読み始めた。

アブラハムの第一朗読が終わり、そして第二朗読のパウロの手紙が始まった。

神の福音のために選び分けられ、使徒として召されたイエス・キリストのしもべパウロ。

この福音は、神がその預言者たちを通して、聖書において前から約束されたもので、御子に関することです。

御子は、肉によればダビデの子孫として生まれ、聖《きよ》い御霊によれば、死者の中からの復活により、大能によって公に神の御子として示された方、私たちの主イエス・キリストです。

このキリストによって、私たちは恵みと使徒の務めを受けました。

それは、御名のためにあらゆる国の人々の中に信仰の従順をもたらすためなのです。

あなたがたも、それらの人々の中にあって、イエス・キリストによって召された人々です。

このパウロから、ローマにいるすべての、神に愛されている人々、召された聖徒たちへ。

私たちの父なる神と主イエス・キリストから恵みと平安があなたがたの上にありますように。

その時、
おおおーん。
と、角笛の音が鳴り響いた。
刑事達もざわざわとし始める。

アブラハムは額に汗をかきながらも、必死で朗読を続けている。

角笛の音は絶え間なく続き、次第に光が教会の中に満ちていった。

そしてキリスト像が少しずつ色づき始める。

「こんな事件が起こっても、奇跡はあるようだね」

ロベルトが鋭い目つきで立ち上がった。

後部座席の方に仕掛けている計器類を見て回り始める。

平賀も、早速、周りに備えたあらゆる測定の為の設備をチェックした。

ズッポリ刑事が平賀の方に近づいてくる。

「一体、これは何が起こっているのです？」

「奇跡ですよ」

「奇跡？」

「ええ、私とロベルト神父はバチカンからこの奇跡の調査の為に派遣されてきたのです。

角笛が鳴り、キリスト像が色づいていく。そして光の奇跡が現れます。どうですか、ズッポリ刑事、貴方にも光が見えるでしょうか？」

ズッポリは、呆然《ぼうぜん》とした顔で辺りを見回した。

すると険しい表情がたちまち恍惚《こうこつ》としたものに変わっていく。

「ええ、ええ見えます。キリストのお体から、太陽のように眩《まぶ》しい光がこっちに向かって差し込んでくる……。広間中にも、七色の光が漂ってくる。……おおお、神よ。御名を讃《たた》えん」

ズッポリ刑事は手を組んで頭を垂れた。

第五章　現れた過去の亡霊

1

奇跡が終わるまで、刑事達は仕事を忘れてしまった様子で、立ちつくしていた。

その間、平賀がするりといなくなり、再び戻ってくる。

そして何も言わずロベルトの横に座った。

何をしてきたのだろうかと気になったロベルトであるが、あえて訊《たず》ねずにいた。

角笛の最後の余韻が終わったあと、眠りから覚めたかのようにズッポリ刑事が大声で指揮を始めた。

警官達や鑑識が、空の電池を入れ替えられた玩具《おもちゃ》のように、せわしく動き始めた。

ズッポリ刑事が近づいてきて、平賀やロベルト、そして神父達に言った。

「では、お一人、お一人、昨夜のことをお話し頂きたい。私としては神父様方に対してそういう待遇はしたくはないのですが、万が一に情報操作が行われないよう、皆様には警察に来て頂き、個室で個別に質問させて頂きます。勿論、これは任意捜査なので、厭《いや》ならば拒否もできますが……」

「私たちはかまいませんが……」

アブラハムがちらりと平賀とロベルトを見た。

「僕達もご協力しますよ」

ロベルトはそう答えて、平賀を見た。平賀は真っ直ぐな瞳《ひとみ》でロベルトを見返し、頷《うなず》いた。

「有り難うございます。ところで、あのビデオカメラは昨夜も動いていたのですか？」

ズッポリ刑事が会衆席の後部に仕掛けていたビデオカメラを示して訊ねた。

「はい、奇跡調査の為に、二十四時間録画するように昨日から設置してあるのです」

平賀が答えた。

「もしかすると、この位置からだと事件の内容がなにか撮影されている可能性が高いので、証拠品として押収させていただきます。いいですね？」

そう言われて、平賀は酷《ひど》く戸惑った様子であった。

「あれはバチカンから持ってきたもので、代わりがないのです。内容を確認したならば直ぐに返してもらえるのでしょうか？」

「申し訳ありませんが、そこに事件に関わるなんらかのものが確認された場合、事件が解決するまでお返しすることは出来ません」

「では、せめて録《と》った映像を見せては貰《もら》えませんか？」

平賀は子供がすがりつくような目をして、ズッポリ刑事を見詰めた。

ズッポリ刑事は軽くため息を吐いた。

「すいません。それも出来ないのです。もし犯人に関わる重要な証拠が写っていて、それを民間人に見せてしまったら、捜査情報が漏れてしまうでしょう？」

「私たちは民間人ではありません。神にお仕えする神父です」

平賀は瞳を見開き、頰と額を赤く染めていた。

表情は硬く、明らかに不快感を表していた。

ロベルトは平賀が、人と口論に近いことをするのを見て驚いた。

真理の探究を邪魔されるような場面でなければ、平賀が人に逆らって感情的になるということなどあり得ないだろう。

ロベルトは慌てて、平賀を制した。

「平賀神父、冷静に。カメラはまたローレンに頼んでバチカンから送ってもらえばいいじゃないか」

平賀に対して、冷静になれなどという言葉は、奇妙な感じがした。

「ああ、ええ、……そうですね。しかし大事な二十四時間分の記録が……」

「それは仕方ない。諦《あきら》めよう」

平賀は、しゅんとした様子で頷いた。

「ご理解戴《いただ》けて有り難うございます。では神父様方は表につけてある車にお一人ずつお乗り下さい」

ズッポリ刑事は、ほっとしたように言った。

事件が発覚した経緯は、早起きの農夫が、自分の畑に行く途中、普段は閉められているはずの教会の扉口が開いていることを不審に思って、中に入ってみたということである。本部はリヴォルノに置かれていた。平賀とロベルト、そして神父達はそれぞれ個室に入れられ、警察官から事情を聴かれて、再び教会へと帰された。

その時には随分と時間が経ち、真夜中の三時という有様である。

教会の扉口の前で刑事達の車から降りると、ロベルトはすぐに平賀のもとへと歩み寄った。

平賀は真っ青な顔をして、ぎくしゃくと歩いていた。

まるで命を吹き込まれたドールのように儚《はかな》い。

「大丈夫かい？　平賀」

ロベルトが訊ねると、平賀はこくりと頷いたが、「何故、彼らは理不尽な質問ばかりするのでしょう……」と、呟《つぶや》いた。

確かに疑惑と憶測に塗《まみ》れた刑事達の質問には、ロベルトですら、うんざりさせられた程だ。

平賀のような明晰《めいせき》な理論派には、却《かえ》って彼らが何を聞きたかったのか分からなかったに違いない。

「仕方がない。神の摂理以外の場所で生きている大勢の人々は、複雑なのさ」

ロベルトはそう言って、平賀の肩を抱いた。

「複雑……。確かに私は複雑系に関しては余り学んでいませんでした……」

平賀は、一つ咳《せき》をした。

「まあいいさ。とにかく教会に戻ろう」

平賀とロベルトは、他の神父達とともに教会の扉口を潜《くぐ》った。

そして側廊と広間の中心に立ったときである。

さっきまで血の気の無かった平賀の瞳が、らんらんと輝いて、一点を見詰めた。

それは例のキリスト像だった。

「変化しています。色を帯びている……」

平賀は独り言のように呟くと、一人、キリスト像の方へと駆け寄っていった。

ロベルトもその後を追った。

確かにキリスト像の半分は、色彩が変化している。

キリスト像に捧《ささ》げられた蠟燭《ろうそく》は残り三本までに燃え尽きていたというのに、よくぞこの暗さで色の変化に気づいたものだとロベルトは感心した。

「よく分かったものだね」

平賀はさっきのしょげぶりが、どこかに行ったかのように、夢中になってキリスト像を眺めている。そして、やにわに動くと、近くに設置されていたビデオカメラや録音機や温度計、湿度計などをチェックし始めた。

「ロベルトも皆さんも先に寝ていて下さい」

平賀が言った。

「君はどうするんだい？」

「キリスト像の変化を見届け、そのあとで記録を全てチェックします」

「寝ないつもりかい？」

ロベルトは平賀を案じて声をかけたが、平賀はもうすでに変化の観察に夢中になっていて、その声に気づかない様子だった。

（やれやれ……。こうなったらもう誰の言うことも聞かないだろうな……）

ロベルトは諦めて、他の神父達に声をかけた。

「皆さん、居所《シェル》に戻って眠りましょう。平賀神父のことはお気遣いなく……」

神父達は、おのおの頷いて、側廊に入り、内陣へ向かっていった。

ロベルトはキリスト像を観察している平賀の近くに座り、その様子を見守っていた。

やがて三十分ほどして蠟燭の一本が消えた直後、平賀が、「色が消えました……」と、初めて口を利いた。

「それで、これからどうするんだい？」

「幸いなことに、このビデオは押収されなかったのでよかったです……。とりあえず、今から全ての機材の記録をいったん検証してみます」

「朝の礼拝までに間に合うといいね」

熱中モードに入っている平賀に、ロベルトは当たり障りのない事を言った。

平賀は、何回か頷きながら記録を取る作業をしていたが、ふと、思いついたように言った。

「そうだ、それにあの少年の血液も調べなければ……」

「どの少年？」

「哀れにも神に召されていた少年です」

「血液を手に入れたのかい？」

「ああ、ええ、床に落ちていた血を綿棒に含ませて、溶液の中で保管しています」

「なんでそんなことを？　それは警察の仕事だろう？　警察の調査前に、そんなことをしていたと知れたらまずいんじゃないかな？」

「そう、そうですね。確かに……。でも習慣的に思わずしてしまったのです」

確かに平賀は習慣的に綿棒やビーカーを持っていて、気になることがあると採集する癖がある。

ロベルトは半ば呆《あき》れながら訊《たず》ねた。

「まさかそんなこと警察に言ってないだろうね？」

「ええ、記憶では言っていません。なにしろその事を、ビデオカメラを取り上げられたショックで、今の今まで忘れてしまっていたもので……」

平賀は何事もないように呆気《あっけ》なく答えた。

「そう、それは良かった。これからもその方がいい」

ロベルトは時計を見た。すでに四時半近い。

「ではロベルト、これから私は居所《シエル》に戻ります。貴方《あなた》は寝ないのですか？」

平賀が記録を集め終わった様子で言った。

まったく、この友人は、自分が気遣って側にいたことにも気づいていない。

ロベルトは苦笑しながら、「ああ、僕ももう居所《シエル》に戻るよ」と言った。


ハロス。ハロス。ハロス。

村の森には、あっちっちの家がある。

あっちっちの家には火を消すお井戸。

けれどもお井戸の底では、大釜《おおがま》がぐっらぐらっ。

悪魔が番するお釜が、ぐっらぐらっ。

気をつけろ。

気をつけろ。

ハロス。ハロス。ハロス。

お釜をこぼすと悪魔が怒る。

怒って首を狩りに来る。

お釜をこーぼした。

お釜をこーぼした。

悪魔よ出てこいここに来い。

ハロス。ハロス。ハロス。

様々な色の糸が、もやもやと絡まり合っている夢を見ていたロベルトは子供達の歌声に目を覚ました。

ハロス。ハロス。ハロス。

妙にキーの高い囃子《はやし》声が耳に残っている。

「あんたたち、そんな歌を歌っていると、本当に悪魔に捕まっちまうよ！　あたしの知り合いも昔、その歌を歌って森へ行って、悪魔に首を切られたんだ！　もう二度と歌うんじゃない。いいね！」

年配の女性の声がした途端、歌声はピタリと止んだ。

時計を見ると八時十分だ。

ロベルトは身支度を調えて、居所《シエル》のドアを開いた。ヨブ神父も隣の部屋から出てきた。

「おはようございます。なんですか、歌が聞こえましたけど」

ロベルトが訊ねると、ヨブ神父は小さな声で答えた。

「多分、ベニンワンビご一家でしょう。六人の子沢山で、時々、この丘でピクニックをするのです。少し変わり者のご一家でして、三年前に旦那《だんな》様がお亡くなりになってからというもの、教会には通ってらっしゃいますが、奥さんが子供達を学校に通わせないのです。

教会で教わること以外を覚えても悪魔の知恵になると言われて……。子供達が歌っていたのはこの村に昔から伝わっている童謡ですよ。私も昔は歌いました。ハロス。ハロス。ハロス。村の森には、あっちっちの家がある、ってね」

「失礼ですが、あっちっちの家とは？」

「この辺り特有の言い方でして、あっちっちの家というのは、地獄のことです」

「なる程……」

「では、私はこれで、礼拝の準備がありますので……」

「すいません、差し障りがなければ、ベニンワンビさんのお宅がどこかお聞きしても良いですか？」

「ええ、隠すようなことでもありませんから。ベニンワンビさんのお宅はこの教会からとても近いのです。丘を下って中央通りの二筋目を西に入ったところにありますよ」

「そうですか、有り難うございます」

「いえ、どういたしまして。ですが、何故、ベニンワンビさんのお宅に興味があるのですか？」

「いえ、ちょっとね。僕は変わり者が大好きでして」

「ああ、そうですか……」

　ヨブ神父は少し首を傾げながら去っていった。

　ロベルトは平賀の部屋のドアを叩《たた》いた。

「平賀、起きているかい？　僕だロベルトだ」

「ええ、起きています。どうぞ入ってください」

ロベルトは平賀の居所《シェル》のドアを開けた。

平賀は席に座って、顕微鏡を覗《のぞ》き込んでいる。

「何か有意義な発見はあったかい？」

「ええ、少し分かってきたような気がします。まずは角笛の音と『光の奇跡』は連動していますが、キリスト像の変化は別物だということです。そしてキリスト像が変化する時に一致する特有の条件があったことです」

「特有の条件？」

「まだ観察の頻度が少ないので確定は出来ないのですが、それが正しいかどうかを実験する道具をローレンに手配してもらうようにメッセージを送りました。それと、例の気の毒な少年の血液を調べたところ非常に特徴がありました」

「どんな？」

「コレカルシフェロールが非常に少ないのです」

「コレカルシフェロール？」

ロベルトは首を捻《ひね》った。

「簡単に言うとビタミンDです。特に少年の場合、D_3が殆《ほとん》どありませんでした。それとヘモグロビンの量が通常の人間の半分程です」

「というと、白皮症以外の疾患を患っていたということかい？」

「いえ……疾患によるものではないと思います。おそらく体質とか生まれ育った環境のせいではないでしょうか」

「例えばどんなことが考えられるのかな？」

「ビタミンD_3は、皮膚が太陽光を浴びることによって光化学的に作られるものです。それが殆どないということは、少年は太陽の当たらない場所に長年暮らしていたということだと思います。もしかすると白皮症に見える症状の原因は其処《そこ》にあるのかもしれません」

「太陽の当たらない場所か……。で、ヘモグロビンが少ないのは？」

平賀は腕を組んで考えるように、その大きな瞳《ひとみ》を閉じた。

「血液中で細胞に酸素や栄養素を運ぶ役目のヘモグロビンが少ないのは、少ない量しか必要なかったと考えてみたらどうでしょう。例えば、低酸素で栄養源の少ない環境に育ったとかです。髪の毛も殆ど生えていなかったでしょう？　あきらかにミネラルの過度の不足です。そう考えると、あの少年は見た目より年を取っているかもしれません。ビタミンDの不足は骨の発育を不十分にします。栄養障害もありそうです。ですから子供のような骨格でも、大人である可能性があります」

平賀の説明に、ロベルトはただならぬ事態を感じた。

「つまり少年は、太陽の光が当たらない酸素の薄い、食べ物の不足した場所で長年育ったということかい？　この太陽の国イタリアで？　どこだいそんな場所。それじゃあ、まるで地獄じゃないか」

「ええそうですね。痛ましいことです」

そう言って平賀が瞳を開いた時、ロベルトの頭の中を閃光《せんこう》が過《よ》ぎった。

自ら言った地獄という言葉が、朝聞いた子供の歌となにがしかの関係があるような気がするのだ。

ハロスとは、多少発音が崩れているが、ギリシャ語のΧαρος（死神）のことではないだろうか？　そしてこんな辺鄙《へんぴ》な村でギリシャ語が歌われるようなことがあるとしたら、おそらくその源は教会にあるに違いない。

「教会が森に、鎌を持った番人すなわち死神達を置いたのは、何かを隠したかったからかも？　森の中に、あっちっちの家がある。つまり地獄があるんだ……。教会が隠したかったのはそのことで、童謡は本当のことかもしれない」

「何ですかそれは？」

平賀が瞳を瞬いた。

「村の子供達が歌っていた古い童謡だよ。今朝聞こえていただろう？」

「すいません。私は血液の分析に夢中になっていて……」

「そうか、別に謝る必要などないさ。調査に熱中するのは良いことだ。さて、そろそろ礼拝の時間だ。広間に急ごう」

平賀とロベルトは、居所《シェル》を出て広間に向かった。

広間は事件現場保持の為に、会衆を入れることが禁じられている。

それで神父達は扉口を閉じたまま、自分たちだけでミサを行った。

今日は角笛の音も『光の奇跡』も無い。

キリスト像だけが、ミサの時間のしばらくの間、色づいていた。

ミサの後は朝食である。パンとピクルスだけの簡単な食事を摂《と》り、神父達はそれぞれの居所《シエル》に戻った。皆、トロネス司祭の姿が無いことを心配している様子であった。

そして、ロベルトは教会内だけでは解き明かされない謎があることを直感して、街に出たのである。

2

ロベルトが向かった先は、言うまでもなくベニンワンビ一家の家であった。

ポストと表札を見れば一家がどんな暮らしをしているのかが分かった。

ポストの中には郵便物の束があった。ロベルトはそれらをチラリと見た。殆どが借金の督促状である。表札は傾き、おそらく亡き夫であったファブリティオ・ベニンワンビという名前の下に、アンナ・ベニンワンビと名前がある。

表札さえ替えていないところや、借金の督促状を見ても、アンナは夫が亡くなってからというもの息つく暇もない生活をしていたことが窺《うかが》い知れる。

赤い煉瓦《れんが》屋根のその家は、外壁の漆喰《しっくい》の傷みも酷《ひど》く、窓硝子《ガラス》の一部が割れて、それをテープでつないだ痕《あと》がある。

ロベルトは、これから変人と関わることの覚悟を決めて、ベニンワンビ家のドアをノックした。

何度もノックすると、中で人が動いた気配がした。

ゴトゴトと音がして、曇り硝子のドアの向こうに人影が立つ。

「誰だい？」

女性の声が聞こえた。おそらくアンナだ。今朝方聞いた声に間違いなかった。警戒している様子だ。

「私は、セント・エリギウス教会に宿泊しているバチカンの神父で、ロベルト・ニコラスといいます。少しお伺いしたいことがあって参りました」

「バチカンの神父様？　ああやだ、すいません、はしたないお持て成しをしてしまって……」

アンナは声の調子を和らげた。そして家の玄関が開いた。

アンナという女性は五十代半ばというところで、よく太っていた。

黒い髪と、黒い瞳をしていて、昔は美人であっただろうことは読み取れる。

しかし、神は残酷に彼女から年月を奪い去っていき、今となっては、とても美しいとは言えぬ風貌《ふうぼう》に変化させていた。

そして彼女は黒ずくめの服を着ていて、それがよりアンナの顔を陰気に見せているのだった。

ロベルトがにっこりと微笑んで、アンナの前で十字を切ると、アンナはより一層安心した様子だった。

「上がらせて頂いてもよろしいでしょうか？」

「ええ、ええ、神父様なら喜んで」

そう言うとアンナは微笑んだが、すぐに彼女の後ろで興味津々な顔をして見詰めている子供達を振り返った。

「子供部屋にお行き！　あたしが良いと言うまで出てくるんじゃないよ。神父様に失礼をしちゃあいけないからね！　さっ、さっ、お行き！」

すると子供達は蜘蛛《くも》の子を散らすようにして居なくなった。

「すいません、お忙しいところをお邪魔して」

するとアンナは、ぎょろりとした目をむいて、不器用に笑った。

「とんでもない。忙しいことなんて一つもありません。忙しければまだましですけど、暇なんです。恐ろしく暇です。さぁさぁ、神父様、お上がりを……」

アンナは奇矯な身振りで言った。

ロベルトが見た所、アンナは確実に精神状態が不安定であった。

ロベルトが部屋に入った途端、足下がギシリと音を立てた。床も傷んでいるようだ。

部屋の中は埃《ほこり》っぽく、あちこちが傷んでいた。

とおされた応接室には大きな十字架が置かれていて、教会のようにその周りを沢山の蠟《ろう》燭《そく》が囲んでいた。その数は百本はあるだろう。そして蠟燭の火は全て灯《とも》されていた。

「悪魔が潜んでこないように、蠟燭の火は絶やさないんです」

アンナはまるで大きな秘密を暴露するかのように、小声で囁《ささや》くと、にやりと笑った。

「良いことです」

ロベルトは答えた。

「さぁ、神父様、こちらの席にお座りを、あたしは紅茶を用意してきます」

「いえ、紅茶は結構です。喉《のど》は渇いていないので。ベニンワンビ夫人も、どうぞ席におかけ下さい」

ロベルトが言うと、アンナは何か口の中で、ぶつぶつ呟《つぶや》いて、ロベルトの対面に座った。

「ベニンワンビ夫人は今日、お子様方と教会の近くにピクニックに来ていらしゃいましたよね」

「ええ、ミサが恐ろしい事件で中止になりましたでしょう？　だから、あたしたちは少しでも教会の近くに行って、お祈りを捧《ささ》げてたんです」

「僕はお子様方が歌ってらしたのを聞いていたんですが」

「ああ、ああ、恐ろしい。悪魔をよぶ歌ですよね。あんな歌、歌っちゃいけないって言ってるのに、子供ってのは訳の分からない生き物ですわ。あんな歌を友達から教えられたと言って、喜んで歌うんですから！」

　アンナは少し興奮した様子で身を乗り出した。

「大丈夫ですよ。子供というのは時としてそういうことを好んでするものです。ですが信仰深いお母様にちゃんと神の教えをしつけられていさえすれば大丈夫です」

「本当ですか？」

　アンナの目が輝いた。

「本当ですとも。その点については心配ないと私が保証します。ただ気になったのは、朝方、ベニンワンビ夫人の仰《おっしゃ》っていた『知り合いが歌をうたって悪魔に捕まった』というお言葉でして、それは本当ですか？」

「本当ですとも。この村のものはその事を語りたがりませんが、私は潔癖な身ですからお答え出来ますよ。三十二年前、私のハイスクールの同級生のカルロ・ゼッティが森で悪魔に首を切られたんです。その時に森に一緒に出かけていたのが、テレーザとドメニカとアントーニオ。テレーザは雷に打たれて死んでしまったし、ドメニカは、あの恐ろしい事件以来、正気を失ってしまって、今も入院中でしょう？　そしてアントーニオ。トロネス・アントーニオ・ベニンワンビ。私の従兄弟《いとこ》もまた悪魔に祟《たた》られていたから行方を絶ったに違いありません」

「トロネス・アントーニオ・ベニンワンビとは、もしかしてトロネス司祭のことですか？」

「ええ、何を不思議がられるんです？　村の誰もが知っていることですよ。三十二年前の夜。アントーニオと、ドメニカ、テレーザとカルロは、首切り道化師を、悪魔を撮影するだなんて、とんでもないことを言い出して、あの忌まわしい森に入ったんです。そしてカルロは首を切られて死んでしまい、ドメニカは可哀相に正気を失って今でも病院暮らし。でも不幸はそれだけじゃ終わらなかった。もともとアントーニオとドメニカもカルロとテレーザも婚約中だったんですけどね、お互い相手を失ったアントーニオとテレーザはつきあい始めた。そして一年後に結婚するはずだった。ところが、テレーザは結婚式の当日、アントーニオの目前で落雷にあって死んでしまったんですよ。恐ろしいことでしょう？それでアントーニオは祟りが我が身にも及ばないか怯《おび》えたんでしょうね。家も財産もなにもかも手放して神父になる道を選んだんですよ。けど、そのアントーニオもいなくなってしまった……。全ては悪魔の祟りなんです」

「待ってください。首切り道化師を撮影する為に、夜の森に入ったと仰いましたよね。じゃあ、撮影されたものがあるんですか？」

「ええ、そのフィルムには確かに首切り道化師の姿が収められていたという噂ですよ」

「フィルムは何処《どこ》に？」

「確かカルロの母親が持っているはずです。あたしゃ、そんな物を持っていると祟られると、何度も忠告したんですがね、遺品だと言って手放さなかった……。大体、カルロ自身、首を切られたのは仕方ないぐらいだった」

「というと？」

「カルロってのは村でも札付きの悪連中の一人でね。賭《か》け事をしたり、何度か暴力事件も起こしたりしたけれど、父親のコネで放送局に勤めてたんです。けど、酒を飲んでは暴れて、可哀相にテレーザは何度か目の周りや頬を腫《は》らしてましたよ。『転んでケガした』なんて、テレーザは言い訳してたけど、ありゃあ、カルロがやったに違いなかった。父親が街の有力者だから誰も言いはしませんでしたがね。天罰を受けて当然だ。不思議なのは真面目なアントーニオがなんで、あんなならず者と友達だったかってことですよ。だけど、仕方なかったのかもしれない。なにしろアントーニオの父親はゼッティ家の会社の使用人でしたからね」

「そうですか。よく分かりました。ところで、カルロさんのご実家を教えていただけませんか？　それとももしよければトロネス司祭のご実家やテレーザさん、ドメニカさんのお家も……」

「アントーニオの両親はもう亡くなってしまいましたよ。それもテレーザと婚約して何ヶ月もたたない内に、二人ともローマに出かけていって、そこで事故にあったんです。本当、不幸なアントーニオ。けど、カルロやテレーザやドメニカの家なら教えられますよ」

そう言うと、アンナは立ち上がり、隣の部屋に入って、ペンとメモを持ってきた。

そして三人の住所と家の地図を書いて、ロベルトに手渡した。

「有り難うございます。助かりました」

「神父様は、悪魔を退治するおつもりなんでしょう？」

アンナは目をきらきらと光らせながら言った。

「ええ、出来ればそのつもりです」

「やっぱりそうだと思った」

「では、神のご加護を。地図を有り難うございました」

「いいえ、信者として当然のことをしたまでです」

微笑むアンナに見送られ、ロベルトはベニンワンビ家を出た。

まず、目指すのはカルロの実家のゼッティ家であった。

アンナが村の有力者だと語った通り、ゼッティ家は豪邸であった。広い庭には二頭のドーベルマンが走り回っている。

門のチャイムを押すと、応答があった。

「はい。どなたでしょう？」

品の良い老女の声だ。

「セント・エリギウス教会に宿泊しているバチカンの神父でロベルト・ニコラスと言います。少しお話をしたいことがありまして、お訪ねしました」

「神父様？　分かりましたわ。お待ち下さい」

暫《しばら》くすると門の向こうのドアが開き、白髪の老女が現れた。老女は鮮やかなピンク色のスーツを着ていた。数頭のドーベルマンが老女に尻尾《しっぽ》を振りながら近づいていく。老女は犬達をなだめながら小屋の近くに繫《つな》いだ。

そしてロベルトの姿を確認すると、ゆっくりと歩いてきて、門を開けた。

「お待たせしましたロベルト神父様。ベルタ・ゼッティです。あいにく主人は留守ですのよ」

「そうですか、それは構いません。実はお宅のことはベニンワンビさんから伺ったのです」

「アンナから？」

ゼッティ夫人は怪訝《けげん》な顔をした。

「実はトロネス司祭がおられなくなって、教会の者達はとても不安がっています。司祭の失踪《しっそう》に繫がる何か手がかりがないかと、ベニンワンビさんにお伺いしたところ、三十二年前の事件のことを聞いたのです。首切り道化師の事件のことです」

ゼッティ夫人の顔色が変わった。

「そのことですか……。どうぞ家の中にお入り下さい」

ロベルトはゼッティ家の応接室に通された。すぐにメイドが紅茶を出してくる。ゼッティ夫人は何度も深いため息を吐いていた。

応接室には、亡きカルロと思われる青年の写真や、空手の大会で得たと思われるメダルやトロフィーが飾られている。

世間の評判は悪いが、母親にとっては自慢の息子だったのだろう。

「非常におつらい事件を思い出させることは、申し訳ないのですが……」

「いえ、いいんです。亡くなった息子の親友だったトロネス司祭が失踪されていると聞いて、私も心配していましたから……」

「ベニンワンビさんは、三十二年前の事件に関係した人々が不幸になったのは、悪魔の祟りだと信じておられる様子ですが……」

「アンナはいつもそういうことを言うんです。でもそう……本当にそうかもしれませんわ」

ゼッティ夫人は遠い目をした。

「三十二年前、何が実際にあったのか知りたいのです。なんでも息子のカルロさんが撮影されたフィルムがあるとか？」

「ええ、何度見ても、恐ろしいフィルムです。それでも息子が最後に撮ったものだと思うと捨てきれなかったのです。あの子はホラー映画を撮りたいなんて言っていました。森に入ったのも一寸《ちょっと》した悪ふざけだったのでしょう。それがあんなことになるなんて……」

「お気の毒です。でもよければそのフィルムを貸してもらえませんか？　この目で見て確かめたいのです」

「神父様が何をお確かめになるのですか？」

「カルロさんやトロネス司祭の身に起こった出来事が何だったのかです。本当に悪魔の仕業なのか、それとも誰かの手による殺人か……」

ゼッティ夫人は、じっとロベルトの顔を見た。

「私も気になっていたんです。地元の警察は頼りなくて、その当時も迷信に捕らわれていました。ですから誰もが悪魔の仕業だと。でも、私は、そうではないかもしれないと思ってきました。お恥ずかしいことですが、カルロはやんちゃな子で、多少、人から恨みを買うような所があったのです。ですからカルロを憎んだ誰かが、あの子を殺したんではないかと……」

「そのことを確かめてみましょう」

ゼッティ夫人は頷《うなず》くと、部屋を出て行った。

十分ほど経過した後、ゼッティ夫人がフィルムと映写機を持って現れる。

「どちらもカルロの大切な遺品なので、とっておいてます。フィルムは古いので、この映写機でなければ映せないでしょう」

そう言うと、ゼッティ夫人はメイドに指図して、大型のカバンを持ってこさせた。そしてフィルムと映写機を中に入れる。

「ゼッティ夫人。ご丁寧に、有り難うございます」

「いえ、勿体《もったい》ない。でも神父様。これだけは約束して下さい」

「なんでしょうか？」

「もしフィルムを見て、何か分かったことがあれば、どんなことでもいいですから、私に教えて下さいませ」

「お約束します。ところで、カルロさんの婚約者のテレーザさんのことについてお伺いしたいのですが、結婚式の日に雷に打たれてお亡くなりになったというのは本当ですか？」

ベニンワンビ夫人の話には多少の誇張や妄想があるのではないかと思っていたロベルトは、改めてゼッティ夫人に質問してみた。

「ええ、本当です。信じられないことでした。トロネス司祭――当時はテレーザの婚約者だったアントーニオも酷《ひど》いショックを受けていましたわ。村中の誰もが驚きました。テレーザは本当にいい子で、そんな死に方をする因果なんてあるはずもなかったんですもの」

ゼッティ夫人は眉間《みけん》に深い皺《しわ》を作って、両手で顔を覆った。

「そうですか、ではトロネス司祭のその前の婚約者だったドメニカさんが入院中というのも？」

「本当ですわ。でもドメニカの場合は、あの事件が引き金になったのかもしれないけれど、そうなるかもしれないと私は思っていたんです」

「何故、そうなると？」

「ドメニカは昔から神経質で情緒不安定な子で、カルロが言ってましたけど、『アントーニオもドメニカには手を焼いている』って。母親が病弱で、早くに亡くなったせいでしょうかね……」

「そうなんですか……」

「ええ、結婚間近だったにも拘《かか》わらず、時々、被害妄想になって、アントーニオが浮気しているんじゃないかと、取り乱して暴れたりもしていたようです」

「ドメニカさんのお家には、では現在はお父様だけが？」

「ああ、神父様、あそこの家は訪ねても無駄ですよ。ドメニカの父親も大変な変人で、特に教会などは大嫌いなんです。無神論者というんでしょうか。人のことを全く信用しないんです。親戚《しんせき》とも付き合いを絶って、外にも滅多に出てきません」

「それは困った。ドメニカさんのお父様と是非話をしたいんですが……」

「行くだけ無駄足ですわ」

「ご忠告、有り難うございます。でも一応、行ってみようと思います」

ロベルトはゼッティ家を出て、ドメニカの家へと足を運んだ。その家は村を外れた農地の真ん中に建っていたが、ドアを叩《たた》こうと、声を掛けようと誰も返事を返してこない。

どうやらゼッティ夫人の言った通りのようだ。

ロベルトは村に戻り、最後にテレーザの家を訪ねた。

玄関に出たのはテレーザの父親、プッチーノ・ゼッティだった。

その間、ロベルトが訪ねてきた趣旨を言うと、プッチーノはロベルトを庭先の縁側に案内した。

ロベルトは通り抜けていく部屋の様子を観察していた。

父と娘が仲良く並んでいる写真が幾つも壁に貼ってある。

『パパ愛しているわ』と表面に書かれた封筒も壁にピンで留まっていた。

親子仲は相当良かったのだろう。

木製の小さなテーブルを挟んで椅子がある。

プッチーノは揺り椅子の方に腰掛けて、葉巻を吸い始めた。

ロベルトは向かいの普通の椅子に座る。

ぎっしぎっしと、揺り椅子が心もとなげな、今にも壊れそうな音を立てていた。

「早くに家内を亡くし、男手一つでテレーザを育ててきたというのに、一人娘も早くに亡くしてしまい。孤独なものですよ」

プッチーノは悲しげな顔で語った。

「お気の毒です。テレーザさんは結婚前だったとか、お悲しみも一入《ひとしお》でしたでしょう」

「ええ、最初の婚約のことは私は良く思っていませんでしたが、トロネス司祭、すなわちアントーニオとの婚約はとても嬉《うれ》しいものでしたからね」

「最初の婚約とは、カルロ・ゼッティさんとの婚約ですか？」

「そうですよ。カルロは悪だった。だが、金持ちでラグビーの花形選手だったので、学校では人気ものだった。そんなカルロにチアリーダーだったテレーザは好意を寄せたし、あの家とは互いに遠縁にあたることもあって、とんとん拍子に婚約が決まった。しかし、カルロはテレーザに辛《つら》くあたっていたみたいだった。テレーザは私にはそのことで一言も愚痴を零《こぼ》しませんでしたけどね。でも、私には分かっていました。この婚約は良くないことだとね。だから正直言うと、カルロが森で死んだ時、私は、ほっとしたくらいです」

カルロ・ゼッティが死んで喜ぶ人物が一人現れた……。

「そうですか、でもトロネス司祭との婚約には大喜びされた？」

「そうですよ。なにしろアントーニオは真面目な良い男でしたから。たとえカルロのように家が金持ちでなくとも、テレーザを大切にしてくれる男でした」

「しかし、テレーザさんはお亡くなりになってしまったのですね」

「そうですよ。何故、うちの娘があんなことに……。でも、娘もなにか予感のようなものがあったのでしょうか……。その数日前から、妙に不安そうにしていました」

「というと？」

「眠れないと言って、夜遅くまで本を読んでいたり、窓の外を気にしていたりしました」

「窓の外を？」

「ええ、まるで悪いものが、自分を見張っているかのような、そんな感じでしたね。悪魔を恐れていたのか……。でも、もしかしたら単にロドリゲスのせいだったのかもしれませんが……」

「ロドリゲス？」

「ええ、ロドリゲス・ダ・ピンチ。名前だけは偉そうですが、カルロの悪友のちんぴらですよ。マフィアとも繫《つな》がりがある男らしくって、職にもついていないのに羽振りが良かった。よからぬことでもしてたんでしょうな。その男がカルロの死後、テレーザに言い寄っている風情でした」

「テレーザさんがそう言っていたんですか？」

「テレーザはそう言いませんでしたが、夜中、テレーザとロドリゲスが小競り合いをしている様子をたまたま見かけたんです」

「そのロドリゲスという人は、どこにお住まいです?」

「もう死にましたよ。五年も前の話です。酒に酔って、山道を深夜運転して、崖《がけ》から落ちてね。悪い奴が消えてくれたと、皆、内心、思っています。なにしろ奴の連れのマフィアとかいう連中が、徒党を組んで、時々、村にもやってくるような始末でしたから」

「それは大変だ」

「ええ、その不吉な事故の後には、教会で沢山の鼠が死にましたよ。広間にころころと死骸《しがい》が転がっていたんです。まるで象徴のようにね。ロドリゲスが死んで、ぷつりと悪い連中はこの村を訪れなくなった。良かったことですよ」

「そうですか。ロドリゲスさんに身寄りは?」

「いませんね。父親と母親は離婚してこの村を離れたし、結婚もしていなかった。同棲《どうせい》していた女はいたけれど、ロドリゲスが死んでから夜逃げしたかのように姿が見えなくなりました」

「その女性の名前を覚えていますか?」

「確か、フィオリータ・コールドウエルとか名乗っていましたね。本名かどうかは分かりませんけど。村の唯一のバーでホステスとして働いてました。神父様が何故、そんなことを?」

「三十二年前、森で何があったのか確認したいのです」

「今さらそんなこと無駄ですよ。テレーザは死んでしまったし、なにもかもが消えてしまった。もう過ぎたことです」

プッチーノは大きな溜息《ためいき》を吐いた。

3

教会に帰ったロベルトは、変わりばえのない昼食を終えて、平賀に囁《ささや》いた。

「平賀、今日、村人に聞いた話によると、三十二年前、森でカルロという若者が、首切り道化師に殺されるという事件が起きたらしい。その事件にはトロネス司祭も関わっていたんだ。幸いにもその時、カルロが撮影していたというフィルムが残っている」

「本当ですか？」

「ああ、紛れもない事実だ。これから僕の部屋で、フィルムを見てみないかい？」

「ええ是非」

平賀とロベルトは、二人でロベルトの居所《シエル》に入った。

ロベルトはカバンから映写機とフィルムを取り出し、壁の障害物の無い部分に向かって映写機をセットした。そしてフィルムを入れ、居所《シエル》の窓のカーテンを閉じた。

椅子を二脚、映写機の前に置く。

平賀はその内の一脚に座った。

「じゃあ、いくよ」

ロベルトが映写機を回し、すかさず平賀の隣に座る。

フィルムに映っていたのは、白い画用紙に赤いペンで書かれた、次のようなタイトル文字であった。


『恐怖の首切り道化師』


「まるでホラー映画のようですね」

平賀が不思議そうに言った。

「これを撮ったカルロは常々、ホラー映画を撮りたいといっていたらしい。彼にしてみれば、この最後の撮影も、一寸《ちょっと》した映画作りの感覚だったのかもだ」

ロベルトは手短にカルロが撮影するに至った経緯を説明した。


「さて、これから『首切り道化師』の森へいくところだ。うまく道化師の姿を捕らえられたら成功ということ。そうしたらテレビでこの映像を流すから楽しみにしていてくれ」

カルロ青年の顔が大写しになり、カメラは車を運転する若き日のトロネス司祭、そしてテレーザ、ドメニカらしき女性達の姿をなめていった。

それから満月や、不気味な森の様子が次々と映し出され、暫《しばら》くして車は停止した。

「さて、電灯をつけて車を降りよう」

若き日のトロネス司祭――アントーニオが言った。そして画面は突然、明るくなった。

どうやら、カルロが被《かぶ》っていた電灯つきのヘルメットの明かりをつけたようだ。

次にアントーニオが懐中電灯に明かりを灯《とも》す。

そしておどけた様子で、そのライトを顔の下からあてて、幽霊の真似をした。

テレーザの笑い声が入り、各自が明かりをつけたせいで、画面の明度が安定した。

若者達は、ゆっくりと森の中へと入っていく。

道は細く、まるで獣道であった。夜風が吹いて、森中の木々が、がさがさと葉音を立てている。

時々、カエルが鳴くような声、野犬か何かが近くを走り抜けるような、ざざっという足音が聞こえた。

「怖いわ。やっぱり帰りましょうよ」

カメラは震える声で言うドメニカを捕らえていた。

その表情は酷《ひど》くこわばり、チック症のように頬が痙攣《けいれん》している。

「何言ってるんだい。今からが本番じゃないか。大丈夫。僕がついているんだ安心して」

アントーニオがドメニカの肩を抱いた。

心細げにドメニカが頷《うなず》いている。

「そうそう、俺様は絶対に道化師を捕まえるつもりだ」

またカルロの顔が大写しになった。

その後ろで、テレーザがVサインを出している。

それからフィルムはホラー映画の撮影現場としては最適な不気味な森の様子を次々と映し出していった。

やがて若者達は、周囲の落ち葉や小枝を集めて火をつけ、焚《た》き火を始めた。

アントーニオが各自に缶ビールを渡していく。

カルロの真ん前にドメニカがいるらしく、焚き火に赤く照らされたドメニカの顔が大写しになっていた。

アントーニオから手渡されたビールをドメニカが口にする。そして暫くすると、彼女の様子が異様に落ち着きのないものになった。

何かを感じるらしく、辺りをきょろきょろと見回し、「笑い声が聞こえる……」と何度も言い始める。勿論《もちろん》、画面からそれらしき声などは聞こえない。

「どうだいあの緊迫した表情。まるで彼女一人で恐ろしさを盛り上げているみたいだ。もし女優なら主演女優賞ものだね」

ロベルトは顎《あご》に手を当て、唸《うな》った。

平賀は眉《まゆ》を険しく寄せながら大きな瞳《ひとみ》を瞬《またた》かせることもなく画面を見ていたが、暫くすると何かひっかかったのか、「ロベルト、もう一度、焚き火をするシーンから巻き戻して見させて貰《もら》えませんか？」と言った。

「ああ、いいよ」

ロベルトはフィルムを巻き戻し、再び再生した。

同じ画面が、同じように過ぎ、若者達は焚き火を消して再び歩き始めた。

ロベルトは平賀が何か言うかと期待していたが、平賀は黙ったまま画面を眺めていた。

「ちょっと待てよ。何か木の根っこのところにあるぞ」

カルロの声が聞こえ、画面が揺れて、木の根元を映し出した。

木の根元の草むらの陰から、何か白いものがのぞいている。

「なんだろう？」

誰かの手が草むらをかき分け、その白いものを取り出す様子が映った。次に画面に映し出された手は、白い物にこびりついていた粘土や土を削《そ》ぎ落としていく。白い物は頭蓋骨《ずがいこつ》のようだった。

「どう見ても人間の骨だな」

アントーニオの呟《つぶや》きが入った。

ドメニカの顔がアップになる。彼女は小さな悲鳴を上げて、アントーニオの腕にぎゅっとしがみついた。

「こんなところに人間の頭蓋骨が……。どうして？」

テレーザの声が聞こえる。

「なんでかなんて、決まっているだろう。首切り道化師の仕業に違いない」

カルロは興奮気味に答えていた。

「つまり、誰かがここで首を切られたということなの？」

ドメニカは、顔をひきつらせ、蚊の鳴くような声で訊《たず》ねた。

「そうかもしれない。とにかくこれは証拠Aだ」

カルロのカメラは白骨化した頭蓋骨を丹念に映し出した。

「どう思う？　本当に人間の頭蓋骨なのかな？」

ロベルトは平賀に訊ねた。

「形状は確かに人間の頭蓋骨ですが、色が全く変色していないのが気になります。通常、もっと黄みを帯びていていいはずです。長い間土の中にあったなら、土の成分やバクテリアの影響でこんなに白くはありません。それに、耳穴の近くにシリアルナンバーがありました」

「シリアルナンバーだって？」

ロベルトはフィルムを慌てて巻き戻し、頭蓋骨の写されている場面で停止した。

確かに平賀の言うとおり、耳穴の近くに英数字らしきものが見て取れる。しかし実に小さな字だ。よくこんなものが一瞬にして分かったなとロベルトは感心した。

「確かに。しかし、シリアルナンバーがあるということはどういうことだい？」

「……おそらく医療用の骨格標本かなにかでしょう」

平賀は変わらぬ表情で答えた。

森の中を彷徨《さまよ》っている様子が展開し、その度にドメニカの恐怖に満ちた表情が映し出された。

やがて不気味な、
おおおーん。

という角笛の音が聞こえると、テレーザの姿が画面から消えた。

テレーザがいないと若者達は口々に騒いでいる。

ドメニカはもう泣き出しそうである。

「ちょっと待って下さい。今の角笛の音を取りたいので、録音機を持ってきます」

平賀は立ち上がって居所《シェル》から出て行くと、録音機を持ってきた。

ロベルトはフィルムを巻き戻し、角笛の音が取れるようにした。

平賀は録音機の針の動きを観察していた。

「教会で鳴る角笛の音とは、周波数などが違いますね。金属系の楽器が奏でる独特の周波数がありますし、高音部分が明らかに人工的な音律の並びを持っています。これに近い音を出すのは、コルネットでしょう」

「つまり誰かが彼らを怯《おび》えさせるために、コルネットを吹いたということかな？」

「そういうことも考えられます……」

やがて、森の中の不気味なオブジェが映し出された。

「なんでしょう？　何かの呪《まじな》いでしょうか？」

「さて、僕もこの手の類《たぐい》のものはよく目にするけど、似たようなものに記憶はないな……」

オブジェには、様々な不気味な記号や、絵のようなものが描かれていたが、こうしたものに造詣《ぞうけい》の深いロベルトにも馴染《なじ》みのないものであった。たまに、これはという図形や記号に出会ったとしても、その周囲に描かれている物と意味がかみ合わないのである。

再び、
おおおーん。

と、角笛、いやコルネットの音がした。

やがて、カルロが「アントーニオがいない！」と叫んだ。

ドメニカは酷く取り乱した。まるっきり瞳の焦点は合っていないし、ふらふらとしている。そのドメニカの手を引いて、カルロは歩き出した。

やがて森の中の石積みでつくられた井戸が映し出される。

「何なの？」

ドメニカは真っ青で、唇をガタガタと震わせている。

「井戸みたいだ。もしかしてあれが『あっちっちの井戸』かもしれない……」

カルロの声が聞こえ、カメラは井戸へと近づいていった。そして井戸の中を写した。暗くてよくは見えないが、水らしき影はない。

「水はかれているみたいだ。かなり深くて奥までは見えないな……」

そうカルロが呟いた。

そして次の瞬間、ドメニカの顔が写った。大きく見開かれた瞳は血走り、両手でこめかみを押さえ、口を大きく開いている。

それからカメラは唐突に移動した。

そこには異様な人物が大写しになっていた。

赤い鍔《つば》広帽子を被《かぶ》り、顔にはビニールの道化師の仮面をつけ、まだらの服を着た怪人である。カメラはその姿を上から下へと流すように写すと、次に怪人の持っていた大鎌を写した。

途端、大鎌が、ぎらりと月光の光を受けて輝き、振り下ろされた。

ぎゃー、

という鋭い悲鳴が入り、カメラがガタリという音を立てて落下したようであった。

画面半分が血とおぼしき赤い液体に塗《まみ》れていて、地面が映し出されていた。

そして、そこにカルロの生首が、妙な薄笑いを浮かべて転がっている。

あとは、悲鳴が続くだけだ。やがてフィルムはプツリと切れ、巻き取られたリールがカタカタと空回りをし始めた。

ロベルトは映写機を切り、深い溜息《ためいき》を吐いた。

「やれやれ、地の底に消えたはずの悪魔の道化師が、本当に三十二年前に現れて殺人を犯していただなんてね。しかもトロネス司祭が関わっていただなんて」

平賀が、なにかずっと悟った様子でロベルトを振り返った。

「今、私たちはとんでもない真実を知ったようですね」

ロベルトは頷《うなず》いた。

「ああ、僕もそう思うよ。恐らくは、この恐怖のフィルムに隠された真実が、トロネス司祭を失踪《しっそう》へと駆りたてたのだろう。教会の人間として、その真実を暴いて良いのかどうか、悩むところだ……」

「真実は真実です。必要であれば暴かなければなりません。でもそうなると、トロネス司祭の身が却《かえ》って心配ですね」

「呪いの角笛が、逃げた先の教会で鳴り響いたんだ。奇跡の申告などしたくはなかったのも頷ける。追い詰められていなければいいが……」

「問題は、一昨日《おととい》の夜、何が起こったのかです」

「それを知る術《すべ》は、今の僕達にはない……」

二人は黙り込んだ。

きーん、こーん、かーん。

夕べを知らせる教会の鐘の音が鳴り響いた。

＊　＊　＊

リヴォルノで畜産業を営んでいるジュファーニは沢山の子持ちで、父と母を養っていて、女房のカローラとはこのところ喧嘩《けんか》ばかりであった。

原因はジュファーニの飲酒と母の認知症のせいである。

今日も、サッカーボールの試合を見ながらいい機嫌でワインを開けていると、台所で用事をすませたカローラがテレビのリモコンを取り上げ、オフにした。

「おい、なにしやがんだ。いいところなのに！」

ジュファーニは大声で怒鳴ったが、カローラは少しも臆《おく》することなく、胸を張って腰に手を当てた。

「なにしやがんだはこちらの台詞《せりふ》だよ。なんだい、もうワインを三本もあけちまっているじゃないか。あんたの酒代でうちは破産するよ。毎日、毎日、酔いどれて、恥ずかしいと思わないのかい？」

「俺が俺の金で飲んで何が悪いってんだ。一体誰に恥じる必要がある！」

「誰にだって？　世間にもキリスト様にもだよ！　あんた、酒場のファンシーって女ともいちゃっいてんだろう？　知ってるんだよ」

「ファンシーとはなんでもねえよ。世間なんぞ無責任な人間の集まりだ！　誰が何を言おうと俺には関係ないね。それにキリスト様がなんで俺を責めるんだ。俺は不倫なんぞしてないし、ワインはキリスト様の血だぞ！　俺はそれを毎日飲んで、聖なる心を分かち合っているんだ！」

「なに罰当たりなごたくを並べてるんだい！　子供達の相手もろくにしないで、そんなことして毎日を過ごしていると、本当に今に天罰が下るよ！」

「はっ！　天罰だって。もしそんなことがあるってんなら、何か啓示があるはずだ！」

ジュファーニがソファから立ち上がって、カローラの前に立ちはだかった時、二階から母親がよろよろと降りてきた。

「どうしたんだい、マンマ。寝てなきゃ駄目じゃないか。勝手に出歩いちゃいけないといってるだろう？」

「天使様がうちの牛小屋に降りてきたんだよ」

母親は大声で言った。

「何言ってるんだいマンマ」

「本当さ。私は窓から見ていたんだ。祝福してもらいにいかないと……」

母親の表情は大真面目である。日頃、ろれつの回らない舌も、ぼんやりと宙を見詰めるような視線も、いやにハッキリとしていて、別人のようだ。

「しっ、ジュファーニ、聞いて！」

突然、カローラが耳に手を当てた。

ジュファーニも耳を欹《そばだ》てた。モーモーと牛たちが騒いでいる声が聞こえてくる。

こんな夜中に、牛が騒ぐことなど普通はない。

「天使様が降りてこられたかどうかはともかく、何か牛小屋で起こったのかも」

カローラが言った。

ジュファーニは頷いて、壁にかけていた猟銃を肩に担いだ。

「危ないから、お前はマンマと一緒にここにいろ」

「分かったわ」

ジュファーニは懐中電灯も持ち、愛犬のホッグとともに暗い道を牛小屋へと向かった。

牛小屋へ向かうにつれ、牛たちの鳴き声は半端のない騒音へと変わっていった。

「一体、何があったって言うんだい……」

ジュファーニは牛小屋の鍵《かぎ》を開けると、改めて猟銃を構え、懐中電灯で内部を照らした。

牛たちが鳴きながら、小屋の中をうろついている姿が光の中に現れる。

そしてジュファーニは頭上で強い風の音がするのに気づいて屋根を見上げた。

唖然《あぜん》とする。

屋根の一部に大きな穴が開いていて、星空がよく見えたからだ。

そしてささくれて破れた屋根の板に銀製の大きな十字架がかかっているのが、月明かりに反射して見えた。

（まさか、本当に天使様が……？）

ひゃっとしながら、その穴の真下を照らした時、ジュファーニは異常なものを発見した。

それは黒い司祭の服を纏《まと》った男が倒れている姿であった。

「神父様、一体、どうしたってんです？」

ジュファーニは倒れている男に近づいて、恐る恐るその体に触れて、震え上がった。

氷のように冷たく、硬くなっている。

よく見ると、毛髪や睫《まつげ》、衣服のところどころに霜の跡さえある。

わぁ。

とジュファーニは思わず声を上げて、家への道を一直線に走った。

ようやく家にたどり着くと、カローラが母親の肩を抱きながら、「なんだったんだい？」と、言った。

「わっ……わからねえ。天罰って奴かもしれない。とにかく警察と救急車に電話しないと……。俺は今日からワインは飲まねえ」

「あんた、とにかく落ち着いて何があったか言いなよ」

「わかんねえよ。とにかく神父様が氷漬けになって牛小屋で倒れているんだ」

それを聞いたカローラの顔は、さっと青ざめ、すぐに電話の元へと走っていった。

第六章　つららの死と悪魔の森

1

翌日、再び奇跡は起こった。

礼拝の途中で、角笛が鳴り響き、広間全体が虹《にじ》色の光で覆われたのだ。キリスト像の色づきもあった。

平賀は何かを確信した顔で、それらの様子を記録に取りながら、熱心に観察している。

そして礼拝が終わり、全ての記録を取り終わった平賀は、ロベルトや神父達の脈拍を取りたいと言い出した。

ロベルトはまず第一に頷いた。

平賀はロベルトの目を、じっと見詰め、そして脈拍を測った。次に他の神父達にもそうした。

「どうしたんです？　私たちの脈拍と奇跡になんの関係が？」

アブラハムが不思議そうに訊《たず》ねている。

「一応、あらゆることを調べてみる必要がありますから」

平賀が機械的に返答をした。こんな時の平賀の頭の中は、様々な可能性を繋《つな》げていく至難な業に到達していることをロベルトは知っている。しかし、平賀という男は予測が確信に変わらぬ限り、滅多なことを言う男ではない。

そして神父達が各々去っていったところで、扉口のところに二人の人影が現れ、中に入ってきた。

「すいません。ここは今、事件現場なので立ち入りが禁止なのです」

ロベルトが叫ぶと、一人の人影が答えた。

「だから来たのですよ。お久しぶりです神父様方、FBI捜査官のビル・サスキンスです」

鍛え上げられた体。茶色い髪と目。精悍《せいかん》な顔立ちの中で一際、強い意志と誠実さを物語っている太い一文字の眉《まゆ》。その男は確かに、ビル・サスキンス捜査官であった。

「サスキンス捜査官、どうして貴方《あなた》がここに？」

ロベルトが訊ねると、ビルは眉を上げた。

「それはこちらの台詞ですよ。神父様方こそどうしてここに？」

「いつものように奇跡調査です」

平賀が答えた。

「そうですか、私も捜査中です。少しややっかいなね。ああ、こちらはイタリア秘密警察のジュワンニ・バフィ捜査官です」

ビルの隣にいた男が頭を下げた。

ジュワンニは二十代前半というところだろうか、イタリア人にしては細身で、髪を肩まで垂らし、最新のヘアカットをしていた。目はくりっとして、顎《あご》は細く、まだ少年っぽい面影を残している。

「あの事件の時、この神父様方は教会にいらっしゃったのか？」

ビルがジュワンニに質問している。ジュワンニは手帳を捲《めく》りながら、「そっ、そのようですね」と答えた。

「少年が亡くなった事件のことですね。他国の事件のことなのに、何故、ＦＢＩが？　少年はアメリカ人ですか？」

ロベルトが訊ねると、ビルは深刻な顔をした。

「いえ、違います。ですがアメリカ政府にとって、脅威となる犯罪が絡んでいるんです。それに例のエイミー・ボネスの死にも関係しています」

エイミーの名を聞くと、平賀の瞳《ひとみ》の色が変わった。エイミー・ボネス。それはジュリア司祭に殺されたアメリカ人映画監督の名であった。

「ジュリア司祭が何か関係しているのですか？」

ビルは頷《うなず》いた。

「ビル捜査官。捜査内容をむやみに漏らしてはいけない規則ですよ」

ジュワンニが言うのを、ビルが制した。

「大丈夫。この方々は例外だ。問題があれば私が責任を持ちます。ともかくこの神父様方の捜査能力はそんじょそこらの捜査官の比ではないんだ。特に、あの夜、この教会にいたのであれば、捜査にご協力頂きたい」

「喜んでご協力しますよ。僕達もこの教会には何かあると睨《にら》んでいたのです。それで具体的にはあの夜、何があったのです？　唯一何かを写したかもしれない平賀のビデオカメラも、警察が持って行ってしまったし、あの夜、唯一、自由がきいて、事件を目撃したかもしれないトロネス司祭は失踪《しっそう》してしまった。おかしなことだらけです」

「あのビデオカメラは神父様方が設置されたものだったのですか……」

「ええ、そうです」

「是非、ご覧になった方がいい。後ほど私とリヴォルノの本部に行きませんか」

「望むところですとも」

平賀が身を乗り出した。

「実は昨夜、トロネス司祭の死体がリヴォルノのとある畜産家の牛小屋で発見されましてね――」

おずおずとジュワンニが言った。

トロネス司祭が死んだ。この言葉に神父達は動揺を隠しきれずに囁《ささや》き合った。

「牛小屋で？」

ロベルトは耳を疑って聞き直した。

「ええ、それも凍死していました。専門家の鑑定によると、マイナス三十度以下の状況で凍死した……とかで……。しかも牛小屋の天井には穴が開いていました」

「どういうことです？」

平賀が眉を顰《ひそ》めた。

「状況から言えば、誰かがトロネス司祭をエベレストに連れて行って凍死させ、その後、エベレストから牛小屋に突き落とした……ということです」

ビルが頭をかきながら答えた。

「……それは随分と、厄介な事件ですね」

ロベルトは呆然《ぼうぜん》として言った。

「一体、誰がどんな方法でそんなことを？」

平賀の表情はしごく真面目であった。

「平賀、これは喩《たと》えだよ。誰もトロネス司祭がエベレストに連れて行かれて凍死させられ、そこから牛小屋に突き落とされたなんて考えていないんだ。それほど、解釈ができない死だってことだよ」

ロベルトが言うと、平賀は目をぱちくりとさせた。

「ああ……。そうなんですか。私はてっきり……」

「大丈夫、ただのユーモアだよ。ただ厄介なだけさ」

ロベルトの言葉に、平賀は素直に頷いた。

「ええ、あらゆることにおいて厄介です。とにかくお二人とも協力して下さい」

ビルが言った。

「分かりました」

平賀とロベルトは同時に答えた。

二人はビルとジュワンニとともに、再びリヴォルノにある捜査本部を訪ねることになった。

その車中、ジュワンニが黙々と車を運転する横で、ビルがアメリカ政府にとって、脅威となる犯罪のことについて語り始めた。

「問題は非常に深刻で、この短期間に百ドル札の精巧な偽札が横行しているのです。最初、そのことに気づいたのはシアトルの熟練銀行員でした。これまで百ドル札の偽札というと、北朝鮮系のスーパーX、スーパーZ。それより精巧な出所不明のスーパーノートなども現在多数流通しているとみられますが、そのどれよりも真札と判別ができないものが出回りだしたのです。これを我々はブラックホールAと呼んでいます。この偽札はシアトルをかわきりにシカゴ、ボストン、ラスベガス、そして、ニューヨークでと次々と発見されました。その金額が半端ではないのです。通常、国内で出回る偽札は、判明している分だけでもおよそ年間五百四十万ドル、海外で使用されている偽札は、その十数倍だと言われています。ところが、ブラックホールAは三ヶ月で二千万ドル分見つかっています。これはドルの信用を大きく失墜させる大規模な経済テロとも言えるもので、事が重大である為に、まだ収拾がつくまでアメリカ政府は秘密にしているんです」

平賀の表情が、ぴくりと動いた。

「待って下さい。偽札の発見は、シアトルをかわきりにシカゴ、ボストン、ラスベガス、そして、ニューヨークですね」

「ええ、そうです。それがどうかしたのですか？」

平賀が助けを求める瞳でロベルトをじっと見た。

「少し奇妙な話に聞こえるでしょうけど、平賀神父は秘密組織が互いに取り合う連絡を見つけ出すのが趣味なんです。それで彼が最近見つけ出した秘密組織の連絡の中に、まだらの道化師とそれらの都市の名が浮かび上がってきたのです。僕達は何かのテロを起こす場所かと思ったんですが、今考えると、偽札の取引場所だったのかもしれません」

ビルは飛び上がるほど驚いた様子だ。

「まだらの道化師にも、思い当たる節があります」

「ええそれはこちらも同じなんです。おそらくサスキンス捜査官とは別の意味で……。しかし、それと少年の死になんの関係が？」

「殺された少年の手にはそのブラックホールAが握りしめられていたんですよ。しかも特殊な病気であるのに、国内外の病院関係を全てあらっても身元が分かりません。謎の少年とブラックホールA。しかもその紙幣についていたのは、ジュリア司祭の指紋でした。我々は、彼をエイミー・デボラ殺害の犯人として国際手配していたので、すぐに情報が入ってきました。それで真相を探りにこちらに来たのです」

「そうすると、事件の背景にはガルドウネが関わっているのでしょうか？」

平賀が呟《つぶや》いた。微妙な感情のこもった呟きだった。ガルドウネとは、サタンの知恵を会得しようとする者たちが集まって作ったと言われる幻の秘密結社であり、不老不死や鉛から金を作る方法を追究していた。ガルドウネたちは人間の心が宿るとされる心臓をサタンに捧《ささ》げることで様々な黒魔術を行ったとされている。そのガルドウネの組織の中核には中世フランス貴族の名門バルボアナ家があった。バルボアナ家は、錬金術で鉛を金に変えていると噂された一族で、バチカンとも関係が深く、その富を背景に、一族の中から枢機卿《すうききょう》や法王を輩出していた。ジュリア司祭もそのバルボアナ家に繋《つな》がる人物である。平賀には、ジュリア司祭に対して複雑な思いがまだあるのだろう。

ロベルトはその時、教会の扉口に立っている謎の人物像を思い出し、膝《ひざ》を叩《たた》いた。

「なんてことだ。こんなことを見逃していたなんて……」

「どうしたのです？」

ビルが訊《たず》ねる。

「教会に立っている謎の人物像のことですよ。その人物像は相当に位の高い人物だったらしく石榴《ざくろ》を頭部に飾った杖《つえ》を持っていた。そうした杖は古代ローマでは王権の象徴だった。石榴は神聖な植物として、人間を不死にするという生命の樹と同一視されたもの。不老不死や錬金術的な暗示が教会の古書には鏤《ちりば》められていたのに……。ガルドウネを疑わなかっ

たとは……。ともあれ、その人物像の台座には、

ΑΓΓΕΛΟΣ（天使）

Γιορτη（祝祭）

Ψυχη（魂）

と、ギリシャ文字が刻まれていました。これらの文字の最初の字をアトバシュで置き換えていくと、Z・T・B。これは名前の頭文字でしょう。とすると、十二世紀にバルボアナ家から出た枢機卿――ZOOY《ゾーイ》・TRISTAN《トリスタン》・BARUBOANA《バルボアナ》に違いない。どうりであんな辺鄙《へんぴ》な田舎に似つかわしくない教会を建てられたわけだ……」

「すみません、僕には神父様方が何を仰《おっしゃ》っているのかよく分からないのですが……」

ジュワンニがビルを振り返りながら言った。

「前の事件に関係していることなんだ。後で分かるようにじっくり話をするから、この場は黙っていてくれたまえ」

ビルの言葉にジュワンニが、ふんと不快そうに息を吐いて、黙り込んだ。

その態度は、まるで子供がすねているようだ。

四人はリヴォルノの本部に到着し、平賀とロベルトはビルとともに映写室に通された。

そこには警察に押収された平賀のカメラも置かれていた。

「今から、あの夜、ビデオカメラに写されていた映像をお見せします」

ビル捜査官はリモコンのボタンを押した。

スクリーン上に薄暗い教会の内部が映し出される。画面の遠くでキリスト像を取り囲む蠟燭《ろうそく》の炎がゆらゆらと揺れていた。

長い時間、同じ映像が続いた後、ガタガタと物音が響いた。スクリーンの左上に見えている側廊の中から小さな人影が飛び出してきた。

それに続いてランプを手にした大きな人影が現れた。

一瞬であるが、その人影が、赤い鍔《つば》広帽子を被《かぶ》り、まだらの服を着ていることが分かる。ランプを持っているのと逆の手には大きな鎌を持っている。顔は、真っ白なデスマスクのような仮面を被っているので分からない。

二人の姿はそれから画面から消えた。ただ走る足音だけが聞こえる。逃げる少年を怪人が、追いかけ回しているのだろう。

それから突然、少年の姿がカメラの前に現れた。少年は脚をよろけさせ、教会の椅子がなぎ倒される。その少年の姿を、まだら服の怪人の背中が遮った。

ぎゃー。

と叫び声がすると同時に、怪人が鎌を振り上げ、振り下ろす。

血飛沫《ちしぶき》が噴き上がるのが見えた。

少年が倒れ込む音がする。

怪人がその傍らにしゃがみ込み、少年の方に手を伸ばしたとき、再び、ばたばたと足音がした。側廊から現れたのはトロネス司祭である。

トロネス司祭は、驚愕《きょうがく》して、真っ青な顔になっていた。

怪人は猫のように身軽な動作で、その場を走り去り、カメラの後ろに回ってしまった。

ただ、ぎぎーっという扉口が開く音がしたので、外に逃げたのであろう。

だが、不可解なのはトロネス司祭の行動であった。

トロネス司祭は、無言のまま、ゆっくりと倒れている少年の方へと歩み寄った。

そしてその姿を、じっと声もなく見下ろしていた。

それから急に、わなわなと唇を震わせ、恐怖とも絶望ともとれるような表情をした。異様にそわそわとした様子になり、少年の遺体の近くを何か考え込むようにうろつき回っていたが、平賀やロベルト、そして神父達のトロネス司祭を呼ぶ声が聞こえると、はっとした表情になり、走っていって、カメラの画面から消えてしまった。

おそらくトロネス司祭も外へと出て行ってしまったのだろう。

「怪人が少年に向かって手を伸ばしたのは、少年が握っていた偽札を取ろうと摑《つか》んだんだと思うのです。その時に指紋がついた。ジュリア司祭の指紋です。けど、取ろうとしたすぐ直後にトロネス司祭が来てしまい、慌てて逃げた。だが、その後のトロネス司祭の行動が納得できません」

ビルは歯がゆそうに言った。

「少年は外から来たのではありませんね。側廊から現れたということは、教会の内陣にいたということです」

平賀が言った。

「だが、神父達も僕や平賀も、このような少年の存在は知りませんね。トロネス司祭は知っていたんだろうか？」

「そもそも少年の身元が、こうも不明な点がおかしいのです」

ビルは首を捻《ひね》った。

「少年は我々とは異なった環境の場所にいたのです」

平賀が言った。

「どういうことです？」

「少年は太陽の光の当たらない、低酸素の食糧不足の場所で育ったんですよ」

ロベルトは説明した。ビルは理解出来ないという顔をした。

「少年の検死をした人と話をさせていただけませんか？　あっ、それとトロネス司祭の遺体もここにあるのですか？」

平賀が言った。

ビルは頷《うなず》き、壁に設置されている電話から手配をしている。

暫《しば》くするとジュワンニ捜査官が入ってきた。

「少年の死体も、トロネス司祭の死体も同じ検死医が見ています。許可が下りたので、検死室に来るようにとのことです」

四人はエレベーターを使って地下二階に降りた。そこは壁もドアも全て真っ白という無機質な空間である。

ジュワンニは402号と書かれたドアの前で止まった。

「今、丁度、検死している最中らしいですよ」

そう言うと、ドアを開いた。

毛の薄い腺病質《せんびょうしつ》な白衣の男が立っていた。少年の遺体は緑色のビニールシートが掛けられたベッドの上に置かれ、肋骨《ろっこつ》に沿って、美しく切開されていた。

トレーの上には内臓などがあり、その重さを量る秤《はかり》や、顕微鏡やパソコン、それから見たこともない測定器と思われる機械が設置された台があった。

平賀とロベルトは十字を切り、遺体の冥福《めいふく》を祈った。

天にましますわれらの父よ、
主の愛しき御子、この少年の魂が
いと高き天上の天主に捧げ給わんことを。
天使の迎えと、主の光に守られ、
御霊は天主の御前に導かれ給わんことを。
主よ、どうか彼の上に絶えざる
優しき光が降りそそぎますように。
主よ、どうか彼が永遠の

安らかな光に包まれますように。

主よ、どうか彼の魂が今生において犯したる罪を大いなる御心によりて、赦《ゆる》し給わりますように。

主よ、あわれみ給え。アーメン。


検死医は不思議そうに二人を眺めている。

平賀とロベルトが最後の十字を切ると、検死医は待っていたように口を開いた。

「一体、話とは何なんです？　見た通り私は忙しいのですがね」

「申し訳ありません。一つだけ気になったのでお伺いしたかったのです」

平賀が言った。

「何なんです？」

「このご遺体の胃の内容物は見ましたか？」

「いや、今から丁度、その作業に入るところですよ」

「よければ私にもそれを見せて下さい」

「あんた変わった神父さんだねえ。いいですよ」

検死医はそう言うと、トレーの中から胃を掴み上げ、顕微鏡の台の上に載せた。それからメスで胃をカットした。そして絞るようにして、中にあったゲロ状のものをぶちまけると、それらの組織を顕微鏡で眺め始めた。

「ふむ。ぞっとするね……」

検死医は呟《つぶや》き、「神父さん見るかい？」と平賀に言った。

平賀は頷いて顕微鏡を覗《のぞ》き込んだ。その瞳《ひとみ》が、じっと真実を解き明かそうとするかのように見開かれる。

「節足動物門唇脚綱に属する虫の脚が何本か見えますね。それと……未消化の、環形動物門貧毛綱。なにかの動物の肉片……。生のままです。この肉片のDNAを鑑定した方が良いでしょう」

「ほう、神父さんよく分かってらっしゃるな」

検死医は、にやりと笑った。

「節足動物門唇脚綱とか環形動物門貧毛綱ってのはなんだい？」

「簡単にいうとゲジゲジの仲間とミミズの仲間ということです」

平賀が、あっさりと答える。

ロベルトは嘔吐《おうと》しそうになるのを堪《こら》えた。

「平賀、お願いだから、これからはなんでも簡単に答えてくれたまえ。君の使う専門用語は分かりづらい」

「しかし……、それでは正確さを欠きます。ロベルト、貴方《あなた》の使う専門用語も十分、私には分からないものがありますよ。でも、そうでないと言い表せないでしょう？」

平賀が不思議そうな顔をした。こういう時の無垢《むく》な表情は、まるで清らかな天使のようだ。

けれど、その背後に見えているのは、血に塗《まみ》れた内臓である。

「……分かった。それもそうだ。今の話は忘れてくれ」

検死医は胃から取り出した肉片の一つを大事そうにつまみ上げると、ビーカーに入れた。

そして部屋の隅に置かれていた遠心分離器に入れている。

やがて遠心分離器で遊離した糸状の物体がビーカーに、ぷかりと浮かんだ。

検死医はそれを、ちょっと見、ロベルトには分からない機械に入れた。

DNAの読み取り時間は、四十五分ほどのことであった。

「ふむ。簡単に言うと、ドブネズミだな」

検死医がロベルトを振り向き、笑いながら言った。

「そうですか、有り難うございます」

平賀が言った。

「これだけでいいのかね？」

「ええ、もう結構です」

そう言うと、平賀は一人納得した顔だ。

ロベルトとビルとジュワンニは慌てて平賀に訊《たず》ねた。

「一体、何が分かったんだい？」

「少年がいた場所です。どんな食生活をしているかで、どんな環境で育ったか想像がつくのです。彼が食べていたものは、主に地中に暮らす虫やドブネズミでした。くわえて、太陽光がなく、低酸素。そして極度のミネラル不足。つまり少年は日の光がなくて野菜や穀物の育たない酸素の薄い地下に暮らしていたに違いありません。それで身近な食料として地下にいるネズミや虫を食べていたのです。彼はきっと、人前に出てはいけない秘密の存在だったのでしょう。国籍すらないかもしれませんね」

「なる程、それで身元がどうしても割れないのか！」

ビルが言った。

「確かにこの神父様方は、優秀な捜査官のようですね。我々が悩んでいた疑問が短時間で解けてしまった……」

ジュワンニがあっけにとられた様子で言った。

「あと、トロネス司祭のご遺体なのですが……」

平賀がすまなそうに言うと、検死医は、にかっと笑った。

「ここにあるとも、自然解凍するまでに時間がかかってね」

そう言うと、部屋の隅に行き、布の掛かった小さな簡易ベッドを、ごろごろと押してきた。

検死医が布をはがす。

するとそこには、ところどころ皮膚の色が紫色になったトロネス司祭が、聖書を胸に抱いて眠っていた。

平賀は真剣な瞳で、トロネス司祭の遺体を見つめた。

「本当に凍死ですか？」

「間違いないね。凍傷があちこちに見られる。加えて細胞が内部から破裂している。見るかね？」

検死医が差し出したシャーレを平賀は受け取った。

それを顕微鏡で眺める。

「なる程……。細胞内の水分で細胞壁が破壊されたようですね」

「どういう意味です？」

ビルが平賀に訊ねる。

「凍死の場合、細胞内にある水分が氷となって体積を増し、内側から細胞を破ってしまうんです」

平賀が答えた。

「そういうことだ。それ以外に目立った外傷や、縛られた跡、彼をそうせしめた犯人と争った形跡などは一つもなかった」

検死医は確信的に言い放った。

平賀は、トロネス司祭の死体をなめ回すように見た後、頷《うなず》いた。

「確かにそうですね」

「地下で育った少年の死に、エベレストで殺されたトロネス司祭……。いよいよ、三十二年前の事件の真相をもう一度、追求しなければならないだろうね」

ロベルトは、ある予感と確信のもとに言った。

「三十二年前の事件？」

ビル捜査官とジュワンニ捜査官が同時に言った。

「三十二年前も、モンテ村で、まだらの服を着た首切り道化師に、一人の若者が大鎌で首を切られて死んでいるのです。まさにそれと同じ事態が教会で起こった。そして二つの事件の近くには何故かトロネス司祭の存在があるんです。トロネス司祭の奇怪な死の謎もそこに隠されているのかも」

ロベルトの言葉に、二人の捜査官の目が光った。

「それには一人、ある人物を捜してもらわなければなりません」

「ある人物？　それは誰です？」

ジュワンニが訊ねた。

「フィオリータ・コールドウエルと名乗っていた女性です。モンテ村でロドリゲス・ダ・ビンチという不良の男と同棲《どうせい》していて、バーで働いていたそうです。これだけの情報で、彼女を見つけ出せますか？」

「神父様、我々の情報網を甘く見てもらっては困りますよ。一週間以内にその女を見つけてみせますとも」

ジュワンニは胸を張って、自信満々そうに答えた。

2

リヴォルノの本部を出た平賀とロベルト、そしてビルは再びモンテ村の教会に戻った。

その様子を見ていたエヘミア神父が三人のもとに寄ってきた。

「バチカンから神父様方宛に荷物が届いておりますけれど……」

「有り難うございます。荷物はどこに？」

平賀が訊ねた。

「一応、平賀神父宛になっていましたので、居所《シェル》の中に運び込んでいます」

平賀はそれを聞くと、ついっと内陣の方へと向かっていった。

こんな時の平賀はいやに足が速くなる。ロベルトはその後を追いながら、平賀に訊ねた。

「荷物って、君がローレンに頼んでおいた物かな？」

「恐らくそうでしょう。これでキリスト像の変化の秘密が解き明かされるかもしれません」

平賀はきっぱりそう言うと、居所《シェル》のドアを開いた。部屋の真ん中に大きな段ボール箱が置かれている。

「梱包《こんぽう》を解《ほど》くのは苦手だろう。僕がやろう」

そう、平賀はある種のことにおいては恐ろしく器用であったが、また別のことにおいては人間離れしているほどに不器用だった。

ロベルトは手際よく梱包を解いていった。出てきたのは、空気の吹き出し口と思われる物がある四角い機械と、その吹き出し口に連結された透明の樹脂で出来た巨大な袋である。

「何なんだいこれは？」

「ローレンに頼んで、特殊に改良してもらったエアコンです」

「エアコン？」

「ええ、キリスト像専用のものです」

そこにビルが現れた。

「どうしているのか見に来たんです。随分、時間がかかっておられるから」

ビルは少し気が引けたように言った。ビルは敬虔《けいけん》なクリスチャンである。神聖な内陣にまで入ってきたことを恐縮しているのであろう。

「丁度よかった。この機械を広間まで運ぶのを手伝っていただけませんか？」

平賀が遠慮なくお願いをした。確かに二人だけでは、運ぶのに重すぎる物だ。

「ええ、喜んで」

ビルはそう言うと機械の胴体に手を回し、軽々と担ぎ上げた。平賀とロベルトは付属の部品をそれぞれ担いだ。そして三人は、奇跡を表すキリスト像の前に立ったのであった。

なにやら物々しい機械を用意し始めたので、神父達は不安気な表情で周囲に集まってきた。

「キリスト像に直接ふれてはいけませんでしょうが、硝子《ガラス》ケースにならいいでしょう?」

平賀がアブラハムに訊《たず》ねた。

「ふむ。そうですな。硝子ケースは毎日、拭《ふ》いているものですから駄目ということはありません」

「それはよかった」

平賀はにっこりと微笑むと、ガラスの表面部分に特製の温度計を貼り付けた。そして透明の樹脂の袋で、すっぽりとキリスト像を覆った。

「今、現在、キリスト像の変化の奇跡は起こっていません。室温は二十四度です。ですが、機械を動かしてみましょう」

そう言うと、平賀は機械についている沢山のボタンやパネルをいじくって、何かを設定したようであった。ブオーンという音が響き渡り、樹脂の袋が細かく震え出す。

「今、冷気がこの機械から吹き出しています。私がこのキリスト像の変化を観察していた時、ある事に気づいたのです。このキリスト像は一定の温度に反応して、変化しているとね。温度計を見ていて下さい。もし私の仮説が正しければ、十六度に温度が達した時に、キリスト像が変化するはずです」

ロベルトやビルや神父達は平賀の説明を聞いて、固唾《かたず》を呑《の》んでキリスト像を見守っていた。

そして硝子ケースに貼り付けてある温度計が十六度にまで下がった時。

平賀の言った通り、キリスト像が鮮やかな色目を帯びていった。

ビルは、驚愕《きょうがく》の顔で、キリスト像を仰ぎ見ている。

神父達は、険しい顔で囁《ささや》き合っている。

そして温度計が十五度に下がると、今度はまるでマジックのようにキリスト像の色彩は失われてしまった。

平賀は機械を止めた。温度計が上昇し始める。

十六度になると、再びキリスト像は色彩を帯びた。しかし、それはものの一瞬のことで、それ以上温度が上昇するとその色は消えてしまった。

「念の為、何回かやってみましょう」

平賀はそう言って、実験を繰り返した。何度やっても結果は同じで、キリスト像が十六度という温度に反応していることは明白だった。

「つまりこれはどういうことだい？」

ロベルトは満足そうに微笑んでいる平賀に訊ねた。

「おそらく特殊な塗料がキリスト像に塗られているのです」

「特殊な塗料？」

「ええ、気温に関係して色が変わるような、そんな塗料がないかとインターネットで探してみました。そうするとチェンジカラーという塗料が浮かび上がったのです」

「チェンジカラー？」

「ええ、アメリカの会社が特許を持っている塗料です。塗料自体は透明ですが、中に微粒子のカプセルが仕込まれていて、設定された温度によってカプセルが壊れ、中に入っている色素が広がります。詳しいことは特許なのでそれ以上、分からなかったのですが、一度間隔で色を変える技術であるということです」

「ああ、それならモーターショーで見たことがある。車にドライアイスの煙を吹き付けると色が一瞬にして変わるっていうのをやっていた」

ビルが納得した様子で呟《つぶや》いた。

「ええ、モーターショーなら誰もがそれを奇跡だとは思わないのに、キリスト像となると奇跡だと思いこんでしまう。人間の心理とは不思議なものです」

「聖遺物であるキリスト様に塗料を塗るなど、誰がそんな罪深いことを……」

アブラハムはぶるぶると怒りに震えた声で言った。他の神父達の顔は失望に沈んでいた。

「確かキリスト像の変化の奇跡は、角笛と光の奇跡の後で起こったと仰《おっしゃ》っていましたよね？」

平賀が訊ねると、アブラハムは深く頷《うなず》いた。

「こうは考えられないでしょうか？　誰かが、角笛と光の奇跡のことを、追求されるのを嫌がっていて、そこにキリスト像の奇跡を演出することで、これらを全て奇跡というベールにくるんで目眩《めくら》ましをしようとしたと……」

「ふむ。僕もそう思うね。サウロ大司教の直感はあたっていると思うよ」

ロベルトは頷いた。

「待って下さい、ではこの教会における奇跡は、誰かの企《たくら》みだと？」

アブラハムは厳しい顔で言った。

「まだそう断言した訳ではないですが、その可能性があるということです。ともかくこれらのことは教会内でのことです。むやみに外にもらさぬ方が良いでしょう」

ロベルトはそう言うと、三人の神父達に、しっ、と唇を人差し指で押さえた。

三人の神父達は同時に頷いた。

「この教会でどんな奇跡が起きて、何が事件と関連しているのか、まだ私には良くわからないのですが……」

ビルは困惑した表情をしていた。

「少しずつ説明させて下さい。まずは三十二年前の事件からです。全てはそこから始まっています。サスキンス捜査官。どうぞ僕たちの居所《シエル》に……」

平賀とロベルトは昨日見ていた『恐怖の首切り道化師』のフィルムをビルに見せる為に、まずは三人でロベルトの居所《シエル》に入った。

「今から三十二年前に起こった事件のフィルムを見せます」

ロベルトはそう言うと、フィルムに纏《まつ》わる話を簡単に説明した後、ビルを椅子に座らせ、映写機を回した。

ビルは画面を食い入るような目で見つめていた。

そして、最後に呟いた。

「このフィルムが意図的に撮られた物でなければ、どこか不自然ですね」

「そうです。僕もそう思いました。ドメニカという女性の異常なまでの興奮ぶり、それをしっかり捕らえているカメラ。それでこの映像の恐怖感というものが抜群にアップしている。そしてもっとも怪しいのは、最後に撮影者のカルロが、まだらの道化師を撮っている場面です。普通、こうした状況ならば、森の中で異様な人物が大きな凶器となりそうな鎌を手にしているのと出会って冷静でいられるでしょうか？」

「いえ、多分、訓練を積んだ私でもそれは無理です」

ビルは首を振って答えた。

「そうでしょう？　普通ならカメラワークなど頭から吹き飛び、走って逃げるはずだ。あるいはカルロのような腕自慢の男なら戦おうとするかもしれない。しかし、カルロは道化師が現れた瞬間に、その頭から足先までをも撮影し、鎌が自分に向かって振り上げられているにも拘《かか》わらず、平然とその鎌の動きを写しているんです」

「ええ、確かに。確かにそうですね。それです、私の感じた違和感は……」

ビルが大きく頷いた。

「私が注目したのは、四人が森で火を熾《おこ》し、ビールを飲んでいる場面です。ロベルト、巻き戻して下さい」

平賀が言った。ロベルトはその場面まで映像を巻き戻した。

「そこ、そこです。そこから進んで……。見て下さい。ドメニカがビールを飲んだその直後、焚《た》き火に照らされた彼女の瞳孔《どうこう》が異常に大きく開いていくんです」

ロベルトとビルは、ドメニカの瞳《ひとみ》に注目した。

「確かに……。本当ですね。ということは一体？」

ビルが平賀を振り向いた。

「ハッキリ言えることは、ドメニカはビールを飲んだ途端に、大きな興奮状態、というより、トランスに近い状態に入ったということです」

平賀が陶器の少女人形のようなその外見からは似つかわしくない程、冷徹な口調で答えた。

「つまり……酒に酔ったということでしょうか？」

ビルが訊《たず》ね返した。

「いえ、ビール程度のアルコールが回って、ここまで瞳孔が開くまでは、十五分以上は必要なはずです。それがドメニカの瞳孔反応は、ビールを二口飲んですぐに起こっています。それでこの反応は考えられません」

「つまりそこでドメニカに何かがあったと言いたいのだろう？」

ロベルトが訊ねると、平賀は、「恐らくそうです」と答えた。

「何もかもが細いこよりのようによじれて繋《つな》がっている。実際にこの教会の裏にある呪われた森に行ってみるというのはどうでしょうか？」

ロベルトの提案にビルは頷いて立ち上がった。

「森の地図が必要ですね」

ビルが言う。ロベルトはにっこりと微笑んだ。

「今の地図ではありませんが、昔の地図ならありますよ。この辺りのことです。森の中などそう変わりはないでしょう。いえ、それよりもこちらの方が有意義かと……」

そしてロベルトは書庫室にあったAZΩη（アゾート）からトレースした森の古地図を胸元から取り出したのであった。

平賀とビルはその古地図に見入った。

「このところどころ、不思議な花のような文様があるのは？」

ビルがロベルトに訊ねる。

「その文様は古書で何度も目にしたことがあります。それは石榴《ざくろ》の花なんです」

「石榴の花……」

「ええ、石榴はエジプトやフェニキア、古代ローマでは神聖な花で、エデンの園にある生命の樹と同一視されていました。考えてもみて下さい。定たる道なき森の中で、この古地図に記されている、井戸の場所まで人がどうして移動していたのかを。おそらく僕の推理では、石榴を目印にして井戸へと進んだんでしょう」

「なる程……。しかしそれが今でも残っているかどうかだ……」

ビルの険しい呟きを聞いて、平賀が言った。

「望みはあります。もし本当に石榴の樹木であれば、今でも存在しているはずですし、古い時代の石造りのものであれば、却《かえ》って頑丈なはずです」

「それに井戸が発見されなければ、偉大なる秘密警察の方々に頼んで衛星写真でもなんでも撮れるでしょう。とにかく、この映像を頼りに、三十二年前の彼らが辿《たど》った道のりを探索してみましょう。僕が映像をチェックした限りにおいては、石榴の目印を正確に辿って彼らは井戸に向かっていました。おそらく先頭に立っていたカルロは何度か井戸に来たことがあるのでしょう。だから近道が分かっていた」

ロベルトはそう言って、もう一枚の紙をビルと平賀に見せた。

それは先にトレースしていた古地図の石榴の目印と、映像に映り込んでいた目印らしきものを比較してチェックした表であった。

「ロベルト、やはり貴方《あなた》は素晴らしい」

平賀は感動した面持ちで言った。

「君のような天才に言われるのは気恥ずかしいよ」

ロベルトが受け流した時、ビルが携帯電話を手にした。

「ジュワンニ捜査官を頼む。……ああ、こちらビルです。実はあるアナログの映像フィルムをデジタル化してもらえないかと思いまして。……ええ、ハンディカメラで見える程度に。……そう、そうです。トロネス司祭の事件や少年の殺害と関係があることです。ええ、そうですか。感謝します。今からフィルムを持ってそちらに伺います」

ビルは携帯を切った。

「ジュワンニ捜査官が協力してくれるそうです。ただし、捜査には彼の同行を伴います」

「僕達の方は、どのようにでも構いませんよ」

ロベルトは答えた。

「では、このフィルムを少しお借りします」

ビルが言った。

「なるべく早く返して下さい」

平賀が言った。

ビルは頷《うなず》くと、フィルムを手に抱えた。

「明日の午前中に再びお伺いします」

ビルは居所《シェル》を出て行った。

「やれやれ、奇跡かと思えば犯罪。犯罪かと思えば奇跡。この繰り返しだ」

ロベルトは苦笑いした。

「ところで君は、この教会での奇跡が意図的なものだと推測していると言ったけど、謎は解けたのかい？」

「おおまかなところは……。でも確定的ではありません」

平賀が慎重な表情で言った。

「そう言わず、僕らの間柄じゃないか、何か分かったことだけでも教えてくれないか？」

ロベルトが言うと、平賀は深い大きな溜息《ためいき》を吐いた。

「角笛の奇跡と光の奇跡が現れた直後には、誰もが大きな血圧の上昇と、瞳孔反応を見せていました」

「どういうことだい？」

「そこが謎です。この教会に角笛の奇跡が起こるときの録音記録を分析すると、角笛の音以外に八Hzほどの超低周波が鳴っていることが測定出来ました」

「超低周波か……なる程ね。で、具体的にはそれが何か関係あると思うのかな？」

「微妙な問題です。八Hzというのは、丁度、人体に共振を起こす音域なのです」

「人体に共振？」

「ええ、つまり音によって、体が揺さぶられるということです。大音量で、この音域の音が流されると、人体が共振して、内臓や脳が破れるというか……。しかし、それも音圧の問題があって、教会で鳴っているのは、そこまで深刻な音圧ではないのです」

「待ってくれたまえ、それはこういうことかい？　つまり人間が揺さぶられて爆発するような音が鳴っているけれども、それほど害がある音量ではないと？　で、君はそれが、瞳孔反応や血圧上昇に関係していると？」

「正確な表現ではありませんけれども、そう言ったところです。でもそれだけでは奇跡を説明するのに十分ではありません」

「だけど君にはなにがしかの目算がある……？」

ロベルトの問いかけに平賀は微妙な顔をした。

「推測では真実を語るには不十分です」

「ああ、いいよ。もうそれで十分だ。君にはこの奇跡を理論的に説明する自信があるんだ。分かったとも」

「私はなにもそんな風には……」

言いかけた平賀に向かって、ロベルトは口に人差し指をあてて制した。

「今は、言わなくっていいとも」

第七章　悪魔の在所地

1

翌日の朝、教会では再び奇跡が起こっていた。

だが、神父達には以前のような昂揚《こうよう》した雰囲気はなく、誰もが不安気な表情をしている。

礼拝を立てた後、神父達はそれぞれの居所《シェル》に戻っていったが、皆、無言であった。

平賀はビデオと、録音機を回し、相変わらず入念にチェックしていたが、ふと床の埃《ほこり》が酷《ひど》いことに気がついた。

毎日、掃除していたものが、少年の事件以来、現場保持の為にそのままにしてある。

だが、それにしても床一面が真っ白である。

平賀はそれが酷く気になってきたので、ポケットに入れていたセロハンテープを取り出した。

きっちり二センチの長さに切り、粘着面を床の埃に押しつける。

それを見ていたロベルトが声を掛けてきた。

「何をしているんだい？」

「床の埃が気になりまして……」

「ふむ、確かに埃っぽいね。事が終わったら大掃除に違いない。それにしても埃も調べるのかい？」

「ええ、一応、そうしようと思います」

奇跡が起こっている現場のことは何でも調べてみる。それが平賀の信条だ。

ロベルトは何も言わず頷いている。

平賀はテープを居所《シェル》に持って帰って、顕微鏡で覗《のぞ》いてみた。

毛髪や砂などに混じって、明らかに特徴のある柱状結晶が見える。

平賀はそれが何かを確認するために、テープを水の入ったビーカーの中に入れ、それをさらに成分分析器にかけた。

暫《しばら》く置いておけば、正体が分かるはずである。

その時、居所《シェル》のドアが叩《たた》かれた。覗き窓から外を見ると、ロベルトが立っている。

「どうかしましたか？」

平賀は居所《シェル》のドアを開いた。

「サスキンス捜査官とジュワンニ捜査官が来たよ」

すると、かつかつと靴音が響き、二人の捜査官の姿が現れた。

「あのテープの内容を収めたデジタルビデオカメラです」

ビルが銀色のデジタルビデオカメラを片手に掲げて言った。

「我々はこれからトロネス司祭の部屋を調べますが、お二人も参加しますか？」

ジュワンニが言った。

「参加させて下さい」

ロベルトが答えている。

「それでは、どうぞ」

ジュワンニはそう言うと、トロネス司祭の部屋まで歩いていった。手には鍵《かぎ》の束を持っている。遺体から回収したものか、アブラハムから借用したものかは分からない。

ジュワンニが司祭室のドアを開けると、強い乳香の臭いがした。トロネス司祭が毎夜、行っていた悪魔祓《ばら》いのせいで、部屋に染みついた臭いである。

二人の捜査官は部屋に入っていくと、あちこちを調べ始めた。

ビルは司祭の机の引き出しの中を、ジュワンニはクローゼットの中などを物色している。

ロベルトがついっと動き出した。

彼が向かったのは本棚である。平賀はロベルトの後に続いた。

ロベルトは本棚を熱心に見ながら、「やけに魔術書が多いな」と、呟《つぶや》いた。

「トロネス司祭が魔術書ですか？」

平賀はトロネス司祭の厳粛な顔立ちを思い浮かべた。それはとても異端の魔術書とは結びつかない。

「トロネス司祭は魔術書を漁《あさ》って、何かを見つけようとしていたのかもしれないね」

ロベルトが言った。

「なんだこれは？」

クローゼットを見ていたジュワンニ捜査官の声がした。

平賀とロベルトが行ってみると、ジュワンニ捜査官がクローゼットの中の床を指さしていた。そこに不可解な魔方陣のようなものが書かれている。

「それは悪魔から身を守る為の魔方陣ですよ。その中央に立つと、悪魔が近寄れないとされています。エリファス・レヴィという十九世紀の魔術師が考案したものです。エリファス・レヴィという人物は、パリの文芸サロンに小ロマン派のひとりとして出入りしていた文筆家なのですが、後年カバラや錬金術、それにヘルメス学からキリスト教神秘主義などの研究と実践を行って、近代ヨーロッパにおける魔術復興のシンボルとなった人物ですよ」

ロベルトが言った。

「何故、そんな魔方陣を神父様が？」

ジュワンニは顔を顰《しか》めた。

「……悪魔が来ると思っていたからでしょう」

平賀は魔方陣とその動機の因果関係を端的に述べた。

「日記があります」

トロネス司祭の机を漁っていたビルが、鍵のついた革表紙の日記帳を三番目の引き出しから取り出した。

「鍵がかかっていますが……」

平賀が戸惑うと、ビルはポケットから万能ナイフを取り出した。

「これは殺人の捜査なので、個人のプライバシーを考えていては進みません。野蛮な方法でいかせて貰《もら》います」

ビルはナイフで、鍵の留め金の部分を引き裂いた。

「読むのなら、僕に任せて下さい。非常に速いので、時間の短縮になります。それに暗号などを使っているかもしれません」

ロベルトが手を差し出す。ビルは素直に日記をロベルトに渡した。

ロベルトはその日記をはじめから終わりまで、非常なスピードで繰っていった。

傍目から見ると、それはとても読むという風ではなく、ただページを捲《めく》っているだけのように見える。

だが、平賀はロベルトの目が文章の詳細を捕らえていることを知っていた。

ロベルトは最後のページを繰り終えると、ふうっと溜息《ためいき》を吐いた。

「まず、問題の箇所は、今年の四月十四日。確かこの教会で奇跡が起こった初めの日ですね。トロネス司祭はヘブライ語でこう記している。『我、悪魔を見たり。たとえ神に百年仕えしものでも、一度、悪魔に魂を売ったものに救いはあらんや？　あるいは我身を救うのは古《いにしえ》から伝えられし悪魔を牛耳る業なりや？』ふむ……。意味深長な文章ですね」

「つまり、トロネス司祭は奇跡の起こった日に悪魔を見て、その悪魔に近寄られないために魔術書を集めて知識を得、魔方陣を描いたということですね」

平賀は確認の為に言った。

「事実関係から言うとそういうことだろうね。そしてその悪魔というのは、角笛の音とともに現れるまだらの服の道化師だったに違いない。ビル捜査官、ちょっとカメラを貸して下さい」

ロベルトの言葉に頷《うなず》いて、ビルはカメラをロベルトに手渡した。

ロベルトがそこに収められている映像を早送りにしていき、カルロとドメニカが、あっちっちの井戸に遭遇したところから再生した。

おおおーん。

と、カメラから角笛の音が聞こえた。

大鎌を持ったまだら服の道化師の映像が大写しになっている。

「この三十二年前に現れた悪魔の姿を、トロネス司祭は見たんです。三十二年前の事件の時には見なかった。それを見たのはドメニカだけだ。しかし、少なくともこの奇跡が起こった日と、少年が殺された夜の二度は、トロネス司祭は悪魔を確かに見ている。村の伝説によれば、まだらの悪魔、あるいは死神と言われる存在は、十二世紀から存在していた。

それはこの教会が森の番人として働かせた一群の人々だった。さて、この謎を解きに行かなければなりませんね……」

「悪魔の捜索ですか……。こんな非現実的なことは、今までの捜査経験の中で一度もなかったんですが……」

ジュワンニは、どこか天を仰ぐように、宙を見つめながら言った。

「少なくともトロネス司祭が見た二度目の悪魔は、人間です。ジュリア司祭です。そう非現実的なことではありませんでしょう」

平賀はそう言ったが、少し自分の声が震えていることに気づいていた。

2

四人はその足で、教会裏の森へと出かけることになった。

トレースした古地図と、デジタルビデオカメラの映像を見ながら、ロベルトが先を歩いていく。

「ここが、森への最初の入り口ですよ」

ロベルトが足を止めた。

「確かですか？　映像からはどこも同じような風景だから良く分かりませんが……」

ビルが訊《たず》ねると、ロベルトは微笑みながら、目の前の木の足下を指さした。

そこには不思議なものがあった。

木の幹に白い石がはめ込まれているのだ。その石は八弁の花びらの形をしていた。

「石榴《ざくろ》の花です。よく映像を見て下さい。カルロのライトに照らされて、彼らの足下に同じものが見えるでしょう？　カルロはこれが道の目印になっていることに気づいていて、いちいち確認しながら進んでいるんです。だから映像の節々に同じ物が映っている」

「なる程……」

ビルとジュワンニは納得した様子で頷いた。

それから四人は目印のつけられた木の場所と映像を確認しながら、三十二年前、若者達が通っただろうと思われる道を進んだ。

そして五本目の目印のある木を見つけた。

「ここで、彼らは焚《た》き火を起こし、ビールを飲んで、悪魔の話を語り、そして歌を歌った」

ロベルトが言うと、ビルが辺りを見回し始めた。

草むらをかき分けていたジュワンニが叫んだ。

「青いビニールシートがあるぞ。まさかこれなのかな？」

平賀とロベルト、そしてビルはジュワンニのいる草むらに立った。ビルが青いビニールシートを開くと、中からビールの空き缶が転がり出た。

「四本ある。数的にはあっているな」

ビルが言う。

「ビールの銘柄も一緒ですね。これらの缶は一九八二年に新しいタイプのものになっているので、それ以前からあったことは確かでしょう」

ロベルトが言った。

「神父様、ビールのことにいやに詳しいんですね」

ビルが不思議そうに訊ねた。

「勿論《もちろん》、私はビールは飲みませんが、流行には敏感なんですよ」

ロベルトが笑いながら答えた。

「なんてことでしょう。今までこんなものが傷みもせずに残っているなんて。それにしても、本当に手つかずの捜査だったようですね。まあ、勿論その時に僕は生まれていませんでしたが……」

ジュワンニが言い訳するように呟《つぶや》いた。

「村人達に聞いたところによると、殆《ほとん》ど、人はこの森に入らないということだったが……」

ビルが疑い深そうに言った。

「本当でしょう。この森の土質はもろいはずなのに、人が踏みしめた跡も靴跡すらもありませんでした」

平賀は今まで観察した経緯を思い浮かべながら言い、ビール缶の近くにしゃがみ込んだ。

そして転がっているビール缶を、じっと観察した。そしてある事に気づいた。

「見て下さい。一つだけ小さな穴の開いた缶があります」

「小さな穴？」

ロベルトとビル、そしてジュワンニが平賀の横にしゃがみ込み、ビール缶を覗《のぞ》き込んできた。

「ええ、ここです。ここ」

平賀はそう言って、ビール缶に開いた穴を指さした。

ジュワンニが白いゴム手袋をはめた。

「この現場は、イタリアの監視下に置かれています。僕が缶を取るので、その様子をカメラに収めてくれませんか」

ビルが頷いて、カメラを自動録画にした。

ジュワンニは缶を手にした。それをカメラに向ける。

飲み口の対称となる場所に、小さな〇・五ミリほどの穴が開いている。

「自然に開いた穴だろうか？」

ビルが言った。

「違うと思います。金属の腐食。虫や雨水による浸食。そういうものがあれば、他の缶にもなにがしかの形跡が残っているはずです。ビニールシートに覆われていた為に、これらの缶はたいへん保存状態がいいですから。ですからこれは人工的に開けられた穴だと言えるでしょう」

　平賀は答えた。

　ロベルトが、じっとその穴を見つめている。

「この缶は、ドメニカが飲んだものだ。間違いない。ドメニカはこの穴から入れられた某《なにがし》かの混入物でトランスに近い状態になった。違うかい？」

　ロベルトは、ほぼ確信に近い表情で言った。

　ビルとジュワンニも頷いている。

「その可能性もあります。これは証拠として持ち帰り、缶に付いている指紋や、できれば中の成分を分析できればいいのですが、指紋はともかく、中の成分は酸化して、検出しにくいかもしれませんね。というか、ほぼ百パーセント検出は無理でしょう」

　平賀は冷静に言った。

　ジュワンニは思わぬ物証に、どうすべきか少し躊躇《ためら》っている様子であった。

「とりあえず、今はそれがあった場所に正確に置いて、先に進んだ方がいいでしょう」

　平賀は言った。

　ジュワンニとビルは顔を見合わせ、頷き合うと、ビール缶を静かに元あった場所に戻した。

「ドメニカが異常な精神状態に陥って嬉《うれ》しく思うのは誰だろうか？」

　ロベルトが誰にともなく言った。

「カルロ……。カルロ・ゼッティでしょう。彼はホラー映画を撮りたがっていた。ドメニカがとり乱して、迫真の表情をしてくれたら、見ごたえのある映像になるでしょうから」

ビルが言った。

「僕もそう思います」

ジュワンニが安易に同意した。

「しかし、ドメニカにビールを手渡したのはトロネス司祭。つまりアントーニオです」

ロベルトが意味深気に低く呟く。

その言葉に、ビルとジュワンニの二人の捜査官は、はっとしたように真剣な表情になった。

「まさかそういうことか？」

「なら、これは完全な初歩的捜査ミスですね」

二人は口々に言ったが、平賀にはその意味はよく分かりかねた。

大体、人の思惑というものは平賀の頭をすり抜けていくだけだ。平賀にとって、人々はよく分からない動機で、よく分からないことをしでかす。

その中でもとりわけ、人々の感情的な行動というものは、平賀の空想をいつも超えている。

おそらくそうした何かが他の三人には分かったのだろうが、平賀には分からなかった。

だが、分からないことはどうでもよい。捜査においては分かることだけを追いかければいいのだ。

四人は再びカメラの映像と石榴の目印に従って、森を進んだ。

そして若者達が頭蓋骨《ずがいこつ》を発見したであろう現場までやってきた。

「ここには何も残ってはいないですね」

平賀は辺りを確認しながら言った。

「シリアルナンバーのついた頭蓋骨の出所を探った方が良いようですね」

ロベルトが言うと、ジュワンニは難しい顔をした。

「三十二年も経っていて、そうした記録が残っているかどうか疑問です」

「ああ、それは確かに……。アナログの時代でしたしね」

ビルも渋い顔をした。

四人はなおも森の中を進んだ。

「この辺りで、角笛の音が響きテレーザがいなくなっている。当時の警察の記録ではテレーザに何が起こったと記録されていますか？」

ロベルトがジュワンニに訊ねた。

「記録によると、テレーザは、『突然、辺りに黒い霧が立ち込めて、友人達の姿を見失いました。私は恐ろしさで一杯になり、なんとか森から出なくてはと思いました。暫《しばら》く歩くと霧は晴れ、遠くに教会の影と、この先道なしの赤いランプが灯《とも》っているのが見えたんです。それでそれを目印に進んでいって、車道へと出ました。そこで通りがかった車に乗せて貰《もら》い、家に帰りました。あとのことはよく覚えて無くて分かりません』と答えています」

ジュワンニがメモを読みながら答えた。

「黒い霧ですか……、いかにも悪魔の仕業らしい」

ロベルトが口をへの字に曲げた。

その時、平賀は目の前に奇妙なオブジェがあるのを見つけた。

沢山の十字架に積み石。そしてくくりつけられた鳥の羽根らしき物。

十字架や積み石には、なにやら意味ありげな怪しいマークが赤い塗料で描かれている。

「ロベルト、ありましたよ」

平賀の声に、なにやらあらぬ方向に見入っていたロベルトが振り返った。

そしてゆっくりとオブジェの側に寄っていくと、モノクルを掛け、あらゆる方向からそのオブジェを観察し始めた。

「気味の悪い品物ですね……」

ジュワンニは顔を顰《しか》めている。

「以前捜査した悪魔崇拝の団体のアジトにもこういうものが置かれていたな」

ビルが言った。

ロベルトは嫌気顔で大きく首を振った。

「いいや、そうじゃないね。悪魔崇拝にしても、何かの魔術にしても、これらはなんの意味もなしていない」

「どういうことですか？」

平賀は訊《たず》ねた。

「つまり全くそういう分野に知識のない人間が作った、ただのこけおどしのオブジェだよ。悪戯《いたずら》だ。ただ面白いのは、この赤い塗料。おそらく辰砂《しんしゃ》で塗られたものだ」

「辰砂？」

ビルが首を傾げた。

「水銀を多く含む石の一種で、古くからその赤い色は塗料やインクとしても使われてきたものです。賢者の石やヘルメス学とも結びつき、呪術《じゅじゅつ》性の高い品物ですよ」

「悪魔崇拝や魔術の分野に全く知識の無い人間が、そんな特殊な塗料を？」

ジュワンニがロベルトに訊ねた。

平賀は今まで観察してきた森の様子を踏まえて、ジュワンニに答えた。

「いえ、この地方では特殊な塗料ではなかったと思われます。例えば……」

平賀は地面を見回し、鈍い赤色をした石を、幾つか拾い上げた。

「これが辰砂です。道を歩いている時も、結構見かけました。おそらくこの辺りには水銀鉱脈があって、こういうものがあちこちに落ちているのです。ですからこの地方の人々には、昔から馴染《なじ》みのあったものに違いありません。おそらく子供の頃、チョークのようにして遊んだりもしたのではないでしょうか？」

「なる程」

ビルとジュワンニは顔を見合わせて頷《うなず》いた。

「問題は、またここで角笛の音が鳴って、トロネス司祭が消えてしまったことです。記録にはなんと？」

ロベルトが訊ねると、ジュワンニが咳払《せきばら》いしながらメモを取り出した。

「失踪《しっそう》した原因は、ほぼ、テレーザと同じ事を言っているようです。『テレーザを見失い、三人で彼女を捜していると、急に辺りに黒い霧が立ち込めました。それで僕はドメニカとカルロの姿を見失ったんです。声を上げて二人の名を呼んでもみましたが、反応はありませんでした。ずっと磁石を手に東南の方向へと歩き続け、気づいたら道に出ていました。鹿に注意という標識のある場所です。僕はそこから道沿いに歩いて最初に車を止めた場所まで行ってみたのですが、車には誰も戻っていませんでした。暫く三人を待ってみて、とても迷ったのですが、恐ろしさもあって歩いて自宅に戻りました。車を置いていったのは、三人が車まで戻ってきて使うかもしれないと思ったからです。僕が迷った後の友人達の行動については分かりません』。以上です」

「トロネス司祭もテレーザと同じように黒い霧に包まれて友人を見失った。そして気づいたら鹿に注意の標識のところに立っていた。ふむ。面白い」

ロベルトが何か一人納得した様子で頷いた。

そしてようやく四人は、カルロ殺害の現場となった、あっちっちの井戸にたどり着いた。

そこで四人が見た物は、井戸を中心に、その周りに描かれた不思議な魔方陣であった。

「これはフィルムには映っていませんでしたね」

ビルが確認するように言った。

平賀はそれらの周囲を丹念に観察した。

「描かれたのはつい先日といったところでしょうね。鋭利な金属製のもので、地面を削っています。おそらく釘《くぎ》かなにかでしょう」

するとビルが白いゴム手袋をして、地面から何かを拾い上げた。

「これじゃないだろうか？」

それは赤く錆《さ》びた五寸釘だった。

平賀は頷いた。

「おそらく。まだ削った地面の断面が丸くなってなくて、ささくれだったままです。それと、魔方陣を描くために落ち葉を取り除いている。それがまだ少しも乱れていないところを見ると、二、三日しか経っていませんでしょう。落ち葉をかき分けた跡から手の大きさが大体予測出来ます。描いたのは成人男性です」

平賀は一つ一つ言葉を選びながら、事実を述べた。

「この魔方陣も悪戯でしょうかね？」

ジュワンニがロベルトに訊ねた。

ロベルトはいつになく真剣な表情で瞳《ひとみ》を見張っている。そして深く息を吐いた。

「いいえ、これは悪戯なんかじゃありません。さっきのオブジェとは全く別物です。描かれているのは、ソロモン王が使ったと言われる悪魔を封じ込める魔方陣の一つです。正確にちゃんと描いてあります」

「一体、誰が何の目的でこんなものを？」

ビルが言った。

「井戸に纏《まつ》わる伝説と、この魔方陣との関係からすると、誰かが井戸の中にいる悪魔を外に出てこないように封じ込めようとしたのでしょう。そして悪魔の存在を最も恐れていたのはトロネス司祭です。ですから、ごく単純な因果関係の推論としては、トロネス司祭がこの魔方陣を悪魔を封じ込める為に描いたとも考えられます」

平賀は答えた。

「ああ、その意見には僕も賛成だ。実際、トロネス司祭は魔術にのめり込んでいたしね。それと、ヘブライ語の書き方の癖が、トロネス司祭の部屋の魔方陣と一緒だ」

ロベルトが言った。

「しかし、二、三日前というと、トロネス司祭が失踪する直前か、直後に描いたということになりますよ。そっ、それがどうしてリヴォルノの牛小屋で凍死していたというんです？」

ジュワンニが困惑した顔で言った。

「その因果関係を今、推測するのはまだ早いと思います。理論が破綻《はたん》しないように一つ一つブラックボックスの中の数式を解いていかなければなりません」

平賀が言うと、ジュワンニがぽかんとした顔をした。

何故、彼がそんな顔をするのか平賀には分からなかったが、ロベルトがくすりと笑った。

「まだそのことを考えるには、原因を特定する材料が揃っていないということですよ」

ロベルトが言うと、ジュワンニは「まあ……そうですね」と、おぼつかない返事をした。

「で、これからどうします？」

ビルがロベルトに訊ねる。

ロベルトはおもむろに小石を手に取ると、井戸へと投げ込んだ。

ことん、と井戸の中で音がする。

平賀はいち早く時計で秒数を計っていた。

「小石を投げ込んでから音がするまでの時間から考えると、井戸の底までは七メートルほどでしょう」

「七メートルとなると、飛び降りるわけにはいかないね。縄梯子《なわばしご》を用意しないと……」

「下に降りてみるということですか？」

ジュワンニが少し驚いた顔をした。

「ええ、教会で殺害された少年は地下で暮らしていた。どうです、もしかしてこの井戸が地下への入り口かもしれない。なにしろ悪魔も住んで居るんですよ」

ロベルトが好奇心に満ちあふれた瞳で言った。

3

四人は相談をして結論を得た。平賀とロベルトは井戸で待ち、その間にビルとジュワンニが近くの農家から縄梯子と懐中電灯を手配する算段である。

ビルとジュワンニが立ち去った後、平賀はロベルトに訊《たず》ねた。

「ロベルト、貴方《あなた》はこの中に何があると思うのですか？」

「そうだな……」

ロベルトは空中に青い瞳の視線を漂わせながら手を叩《たた》いた。

「例えば、あっちっちの家だ。つまり地獄だよ」

「その理由は？」

「歌さ」

「歌？」

「しただろう？　この辺りに古くから伝わっている童謡の話を。僕が思うにその童謡の出所は教会なんだよ。その歌はこんな歌だ。

ハロス。ハロス。ハロス。

村の森には、あっちっちの家がある。

あっちっちの家には火を消すお井戸。

けれどもお井戸の底では、大釜《おおがま》がぐっらぐらっ。

悪魔が番するお釜が、ぐっらぐらっ。

気をつけろ。

気をつけろ。

ハロス。ハロス。ハロス。

お釜をこぼすと悪魔が怒る。

怒って首を狩りに来る。

お釜をこーぼした。

お釜をこーぼした。

悪魔よ出てこいここに来い。

ハロス。ハロス。ハロス。

どうだい？　いかにもこの井戸と悪魔の住処《すみか》を結びつけるような歌だ」

「しかし、教会が何故、そんな歌を？」

「警告の為か……。秘密を漏らしたくて漏らせない修道士の憂さ晴らしかだね。『王様の耳はロバの耳』さ」

平賀は首を傾げた。

ロベルトは平賀の反応を楽しんでいるかのように、微笑んだ。

「ところでさっき貴方やサスキンス捜査官やジュワンニ捜査官は、三十二年前の事件の真相で何か分かったかのようでしたが、何だったのです?」

平賀は素朴な疑問を訊ねた。

「いいかい、普通の人間なら誰でもこう考える。ここに二組のカップルがいる。アントーニオとドメニカ。そしてカルロとテレーザだ。二人のカップルは互いに問題を抱えていた。アントーニオはドメニカの情緒不安定ぶりに気づいて困っていたし、テレーザはカルロから度重なる暴力を受けていた。困っていた二人は昔からの顔馴染《かおなじ》みだ。お互い愚痴を言い合ったり、慰め合ったりしたことだろう。そうなれば二人が愛し合うようになるのは時間の問題だ。だが、二人には問題のある相手がいる。そうしたらどうだい? 彼らを始末したいと思うだろう?」

「ロベルト、それは単なる憶測です。愛し合ったからといって、互いの相手を精神疾患にさせたり、殺したりするものではないでしょう? 第一、愛し合ったという証拠はありません」

「証拠の問題じゃないさ。世の男女の常識ってやつさ。状況を良く考えてみたまえよ。アントーニオの父親はカルロの父親の会社で働いていた。いわばアントーニオは子供の頃からカルロの子分のような存在で、アントーニオとしては本当はカルロをずっと忌々しく思っていたのかもしれない。カルロは支配的な性格だった様子で、テレーザのこともずっと強く束縛をしていた。暴力をふるってしかも束縛する。最低な相手だ。別れ話を切り出したことぐらいあるかもしれないが、それはカルロが受け付けない。アントーニオも強引にテレーザを奪いたいところだが、父親の立場の手前、それが出来ない。加えてカルロは空手のマスターだ。暴力では勝てない。そして結婚は目前まで迫っている。そんな時に、カルロがホラー映画の制作のことを持ち出してきた。『恐怖の首切り道化師』だよ。偽の頭蓋骨《ずがいこつ》や奇怪なオブジェをはなから仕込んでおいて、若者達が次々と姿を消す。そして最後には本物の首切り道化師が現れるというシナリオだ。そこに必要なのは恐怖を体感させる名女優の存在だ。いや、演技などできなくてもいい。映画の仕掛けと知らずに、本気で怖がってくれる子がいたら、いい映像が撮れるに違いない。ただでさえ情緒不安定なドメニカがその候補に選ばれ、ビールの中に初めから麻薬の類《たぐい》を混入しておいた。ドメニカはパニックを起こす。そしてテレーザ、アントーニオと次々姿を消す。そして恐らく最後に首切り道化師が現れて偽の鎌を振り上げる……というところまではカルロの筋書き通りだったんだ。だからカルロは恐れもせずに、笑いながら道化師の姿を余裕で撮影していた。だが、道化師に扮《ふん》したアントーニオは本当にカルロを殺した。カルロがまるっきり油断している状態ならば、彼が空手マスターであったとしても反撃に遭う心配はないしね。ドメニカが完全に精神疾患に陥ったことまでは計算外だったかもしれないがね」

「辻褄《つじつま》は合っていますが、やはりそれは憶測です。理論的な裏付けはありません」

「ああ、そうだね。君はそう言うと思ったよ。だが、こういう下劣な憶測は結構当たるものなのだよ。僕が思うにテレーザの父親は何かを知っているはずだ」

「どうしてそう思うのです？」

ロベルトは平賀の肩に、ぽんと手をかけた。

「テレーザは父一人娘一人の家庭に育ったんだ。父親に対する信頼は大変なものさ。そして女性というものは、男よりおしゃべりで、不安を一人で抱えきれるほど強くはない。だから、僕はテレーザは父親に何かを打ち明けていると思うのさ」

「その意見には賛同できません。女性が男より弱くて、おしゃべりだといいますが、例外は沢山あります」

「ああ、確かに例外はあるさ。だが、俗説というのはそれなりの根拠があって成り立っているんだ。僕が思うにアントーニオ、トロネス司祭はテレーザと共謀して、確かにカルロを殺した。ところがそのわずか一年後のテレーザとの結婚式の当日、花嫁を落雷で失うという悲劇が起こり、テレーザと婚約中に両親も亡くなってしまっている。だからトロネス司祭は自分の罪が罰せられていると感じて教会に全てを寄付して神父になったんだ。ところが、角笛の奇跡が起こり、その中でトロネス司祭は悪魔の姿を見た。トロネス司祭はさぞかし震え上がったことだと思うよ。大きな罪の自覚。そうでなければ、トロネス司祭の異様なまでの悪魔に対する怯《おび》えようの理由が分からないじゃないか。あの夜。少年が広間で殺された夜。トロネス司祭は目の前に再び現れた悪魔の姿を見て、そして殺害された少年の姿を見た。その光景はまさに自分がカルロを殺した光景とだぶったのだろうね。それでトロネス司祭は、パニックに陥った。悪魔が追ってくるという恐怖。たった一人、教会内で身動きのとれる自分が少年の殺人を疑われるのではないかという恐怖。そして三十二年前の事件が暴かれるのではないかという恐怖。もっともっとありえないことまでをも考えて、パニックに陥り、教会から逃げ出した。心情的にはどこか遠い場所に飛んで逃げたかったくらいじゃないかな？　想像できるかい？」

「飛んで逃げたかった……ですか……」

平賀の頭の中をある直感が駆け抜けた。

そして彼はその直感に理論的な欠落はないかを吟味した。

おそらく？

あるいは？

そう。

確かに。

理論上可能である。

「平賀、どうしたんだい黙り込んで？　そんなに想像しにくい話だったかな？」

ロベルトの瞳《ひとみ》が平賀を覗《のぞ》き込んでいた。

「いえ、ある意味、有意義でした」

「ある意味？」

ロベルトが不思議そうな顔をした背後に、ビルとジュワンニの姿が見えた。

「神父様方、縄梯子《なわばしご》と懐中電灯が用意できましたよ」

ビルが手を振って叫んだ。

縄梯子が井戸の下へと垂らされた。

四人は井戸の周囲に描かれた魔方陣を踏まないように気をつけながら、縄梯子を手にし、ビル、ジュワンニ、ロベルト、平賀の順に一人一人下へ降りていった。

平賀が井戸の底に到達した時、中は四人の男ですし詰め状態であった。地面は固く、石で固められているようだ。

ビルが各自に懐中電灯を配る。

平賀はまず、その電灯で、井戸の側面を照らして眺めた。そして足下も見た。

「これは井戸ではありませんね」

平賀の言葉にビルが振り返った。

「井戸じゃない？　ではこれは何なんです？」

「まず井戸なら水があった場所までのなにがしかの形跡があるはずなんです。例えば乾いた苔《こけ》とか藻のあとであるとか、水に浸っていない場所と風化具合が違うとか。そういう形跡がありません。それに井戸ならこんな風に底に石畳を敷いたりはしないでしょう？」

平賀は、均等な四角い石で敷き詰められた石畳を照らした。

その時、

「こっちに横道がありますよ！」

ジュワンニ捜査官が言った。

皆のライトが一斉にその方向に向けられる。

そこには確かに大人一人が少し腰を屈《かが》めて入れるくらいの穴があった。

「行ってみましょう」

ビルが果敢に中へ入っていく。ジュワンニもその後に続いていった。

ロベルトが平賀を振り向いて頷《うなず》き、中へと入っていく。平賀はロベルトの背中に従った。

およそ二百メートルは歩いたであろう。

一同はいきなり開けた場所に出た。

二十平米ほどの、ぽっかりとした真四角な人工の洞窟《どうくつ》といったところだ。

「ここで行き止まりか？」

ビルとジュワンニが辺りを見回している。

「いや、そんなはずはありませんよ。あれを見て下さい」

ロベルトのライトは洞窟の平らな壁にレリーフされている石榴《ざくろ》の木を照らし出していた。

「ただのレリーフのようですが？」

ジュワンニが訝《いぶか》しい顔で訊《たず》ねる。

ロベルトの顔つきが厳しくなり、レリーフの周辺の空間をライトで走査している。

その中に、真っ黒な鉄製らしき大釜《おおがま》と横につまれた薪《まき》が映り込んだ。

「あっちっちの井戸には、大釜がぐっらぐら……。これだ……」

ロベルトが大釜に向かっていく。平賀も一緒に歩いた。

すると、ロベルトのライトが大釜を嘗《な》めるように動く。

平賀は息を呑《の》んだ。そう、盾の形の中にドラゴンと大釜の模様が浮かび上がった。

「バルボアナ家の家紋だ……。やはり何かの秘密がある」

平賀は大釜の中をライトで照らした。黒いねっとりとした液体がてらてらと光っている。

それは、大釜の底に少しだけ残っているものであった。

平賀は大釜の中に首を入れ、思いっきり臭いをかいだ。

「これは……石油が中に入っているようですね……。そうだ……ロベルト。貴方《あなた》が教会の書庫で読んだ『ソロモンの忠告』のことを覚えていますか？」

「忘れるものか、第一の忠告は『煮え立つ釜の中に火をくべて飛び込め。来た道を塞《ふさ》がねば、釜の蓋《ふた》は開かない。ただし開いた蓋は二度とは開かない。前へと進み続けなければならない』だよ。つまりこの大釜に火をくべれば、道が開かれるということだ」

「ええ、しかし正しくは、この大釜の中で火を燃やすのです。私の判断では、これはアレクサンドリアのヘロンが作った自動ドアと同じ原理のものです」

「自動ドア？　ヘロン？　なんの話です？」

ジュワンニが肩をすくめ、ビルとともに、平賀とロベルトの側にやって来た。

●ヘロンの自動ドア

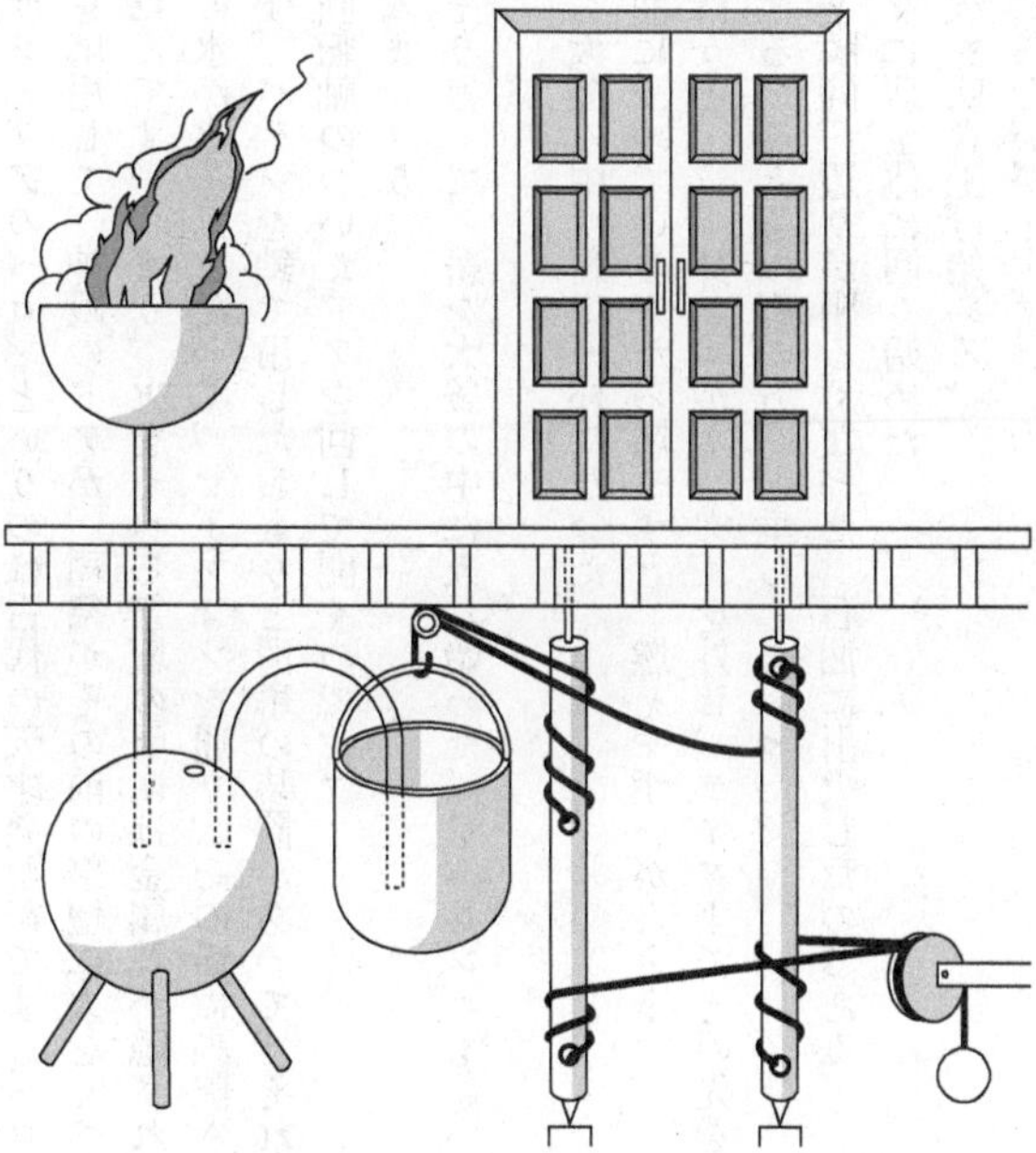

「アレクサンドリアのヘロンというのは古代の天才発明家です。ヘロンはかなり単純な機械的原理を応用して、神殿のドアが、司祭がその前の祭壇に火をくべると、自動的に開くようにしたんです。つまり、火をくべる祭壇の下には金属球が隠されていて、それが温まると、中の水が水蒸気となって、サイフォンを通り、その横に設置されているバケツの中に入ります。バケツを鎖で吊《つる》したおもりと滑車の装置があって、それがバケツが重くなるにつれて回転軸のついたドアを回して開くのです」

「やってみましょう」

ビルがそう言って、薪を大釜の中に入れ始めた。ジュワンニも急いでそれを手伝い始める。

たちまち大釜の中は薪で一杯になった。

「下の石油に浸っている方から燃やすと、燃えやすいかと……」

平賀が言うと、ジュワンニがネクタイを外し、ライターでその先を燃やした。そしてネクタイをするすると釜の底の方へと垂らしていった。

ぼっ、と瞬間、辺りが明るくなった。石油に引火したのである。

火は徐々に薪全体に回り始めた。

大釜が火を吹き上げ始める。

「何も起こらないが……」

ビルが呟《つぶや》いた。

「少し待って下さい。耳を澄ますと、水が水蒸気に変わっていく音が聞こえますよ」

平賀は答えた。

確かに足下で、シューという音が聞こえている。

暫くすると、ごりごりという不気味な音がし始めた。

見ると、石榴のレリーフが刻まれた壁が、少しずつ左右に開いて行くではないか。

「これは愕《おど》きだ！」

ジュワンニが叫んだ。

「先に進みますか？」

ビルの問いかけに、ロベルトが勿論《もちろん》と頷く。

四人は少し身を屈めながら扉を潜《くぐ》った。

第八章　地下都市の秘密と囚われの人々

1

扉を潜った後、平賀は周囲を眺めた。

こちら側には大釜がない。

「誰か一人、向こう側に残ったほうが良かったかもしれません」

「何故だい？」

ロベルトが訊ねた。

「釜の火が消えると、球の中の空気が急激に冷やされるので、水が逆方向にサイフォンを通して球体の中に吸い込まれます。すると空になったバケツは独りでに動いて滑車装置を逆に作動させ、ドアが閉まってしまうのです。そうなると、こちら側からは開けられません」

「なる程、文字通り、開いた蓋は二度と開かないわけだね。どうします？　扉が閉じる前に向こう側に残る方はいませんか？」

「私は、捜査しに来たのです。向こう側でぼんやり待っているわけにはいきません」

ビルが言った。

「それはぼっ、僕もです。本国の捜査官として面子《メンツ》が立ちません。それより神父様方のお一人が残られたらいかがです？」

ジュワンニ捜査官が、強がった様子で言った。

平賀とロベルトは顔を見合わせた。

勿論、お互いに残る気などないことは承知だ。

「いえ、僕たちも調査に来ていますから。それに平賀神父と僕のどちらが欠けてもこの先、困ることになるでしょう」

ビルが納得した顔で頷《うなず》いた。

「では全員で行くことに決まりですね」

平賀達のいる場所はやはり四角い人工の洞窟《どうくつ》であったが、ライトで辺りを探ってみると、道へと続くと思われる穴が開いていた。

四人はその中へと入っていった。

道は暫《しばら》く狭い一本道で、縦にならんで平賀達は歩いた。

「それにしても、こんな地下にこんな場所があったなんて……」

ビルは驚いている様子だ。

「それにしても狭苦しくて暑いな……」

ジュワンニが言った。

「ロベルト、貴方《あなた》はこれは一体なんだと思います？」

平賀はロベルトに訊《たず》ねてみた。

「僕が思うにこれは古い坑道だね。やたらと狭いのは、おそらく子供に掘らせたせいだ」

「子供に？」

「ああ、ハーメルンの笛吹男や、この村に伝わるまだら服の道化師の話、それに類似したヨーロッパでの伝承。そういうものを思い浮かべてみて、僕にはある確証が湧いたんだ。まずどの話にも共通しているのは、その時、村が飢饉《ききん》の状態にあったということだ。そして子供達が攫《さら》われる。子供達のいなくなる場所は大抵、山や森の中の洞窟。この井戸の中だって洞窟の中の一種だと考えて良いだろう。そして必ず帰ってくる子供が数名いる。その子供達はどの話でも身体障害者だ。だから僕はこう推測するね。飢饉の村に訪れた、まだらの服を着た男は領主の使いで、子供達は税金がわりに人身売買されたんだとね。勿論、植民地の開拓などにも送られたのだろうが、その他にも鉱脈などの採掘の労力として使われたんだ。だから、いなくなったのが洞窟の中だという表現になった。身体障害者はそうした労働には向かないから送り返されたのかもしれない。とにかく子供は体が小さいから、不安定な地盤の中で広い坑道を作る必要がない。つまり労力も掛かる費用も少なくてすむので、坑道作業にはうってつけだ。産業革命の時、イギリスでは同じ理由で、年はもいかない子供達を炭坑夫として働かせることが多かったということもある」

「忌まわしい話ですね」

ジュワンニが顔を歪《ゆが》めた。その途端、ビルがいきなり立ち止まった為に、四人はぶつかり合った。

「どうしたんです？」

平賀は訊ねた。

「道が三つに分かれているんです。どの道を行けばいいのか……」

ビルが戸惑った声で訊ねた。

「ソロモンの二つ目の忠告は、『新しい道ゆえに古い道を離れてはならない』だったね」

ロベルトが平賀を振り返った。平賀は頭の中でその意味を模索した。そして一つの結論を得た。

「恐らくこれから迷路です。迷路は一つの壁に手をつけてそれを離さないように進めば、いずれ出口にたどり着くんです。つまり、『新しい道ゆえに古い道を離れてはならない』ということです。問題は三つの道のどこからスタートすれば早道になるかです」

「僕が迷路を造るとすれば、一番、胡散《うさん》臭い道を正解にするね」

ロベルトが言った。

「そうなら、絶対に真ん中の道だ」

ビルとジュワンニが声を揃えた。

「どうしてそんなことが言えるのです？　確率的にはなんの根拠もありませんよ？」

平賀は少し驚いて言った。

「平賀、例えばテストで答えの選択肢がABCと三つあるとする。すると答えの分かっていない解答者は殆《ほとん》どの場合、Bを避けてAかCを選択するものなんだ。つまり真ん中でなくて、両端だよ。だからそれを逆手にとって、答えはBだ」

ロベルトが言った。

「本当ですか？」

試験で解答が分からなかったことが経験にない平賀は、ロベルトの言う呪術師《じゅじゅつし》のような予言に戸惑った。

「ああ、本当だとも。僕が学生時代、答えの分からないテスト問題では、いつもAかCに印をつけていた」

「僕もです」

「同じくだね」

ビルとジュワンニが同意する。

「では多数決で真ん中の道を行きますよ」

ビルは左の手で壁を触った。

道は長く続いた。時に右に折れ、左に折れしながら四人は歩いていった。

蒸し暑さが増し、酷《ひど》く疲れ、息苦しかった。それに加え、足下を、ちゅーちゅーと鼠が鳴きながら走り去っていく。ごそごそと何かの虫が這《は》っていく気配もある。

「本当にこれでいいんでしょうか？　なんだか、息が出来なくなってきた」

ジュワンニが情けない声で言った。

「低酸素状態なのです。体が慣れるまで辛《つら》いでしょう。ゆっくり進みましょう。歩くのに疲れたら休憩を取ったほうがいいでしょうね」

平賀は言った。

「私は平気ですが、神父様方が心配です」

ビルが言うと、ロベルトが平賀を振り返った。恐らく自分の顔色を見たのであろうと、平賀は察した。

「少し休もう」

ロベルトが言った。

四人は狭い穴の中で各自座った。ビルの片手はぴったりと壁についている。

ジュワンニがなにやらもぞもぞとしていたかと思うと、煙草とライターを取り出した。煙草に火をつけようとする彼を平賀が制した。

「止めた方が良いですよ。余計に脳に酸素が回らなくなります」

ジュワンニは悲しげな顔をしたが、すねたように煙草をくしゃりと潰《つぶ》すと、地面に投げた。

平賀は時計を見た。

「私たちが迷路に入ってから二時間二分経っています。そこから歩いた距離を考えると八キロ強ですね。とりあえず、酸素が無くなって死ぬことはないでしょう。坑道は換気や排水のことも考えて設計されているものです。特に大事な坑道はきちんとしています。鼠や虫が生息していることがその証拠です」

「おそらく、作った坑道を繋《つな》ぎ合わせて迷路にしたんだろう。ここまで凝った仕掛けを作ったとなると、余程この先に大事なものが隠されているようだね。地盤が少し緩そうだ。支保の為の坑木の数が多いね」

ロベルトが辺りを見回しながら言った。

「外はもう夜ですよ。お腹が空《す》いた。マンマの手料理が食べたい……」

ジュワンニが情けない声で言った。

「泣き言を言うな。余計に疲れるだろう。訓練を積んだ我々でもきついのに、神父様方のことを少しは考えろ」

ビルがジュワンニを叱咤《しった》する。

「まあまあ、僕の考えではもうすぐ迷路は終わるはずです」

ロベルトが言った。

「どうしてそんなことが分かるんです？」

ジュワンニが訊ねる。

「この奥に大事なものが隠されているとなると、隠したお偉い方だって、時々、訪れたはずだ。その時、この道を通ったとして、食事もとらずに歩き抜いたようなことはないはずだ。適当なところで迷路はなくなりますよ。そうだな、想像としてはあと一時間も迷わせれば、十分だと考えたと思いますよ」
「確かに神父様の言うことには一理ある」
ビルが言った。
平賀もその点は合理的な考え方だと思った。
四人は十分程休憩し、再び歩き始めた。
そしてロベルトが予言したとおり、四十分程歩いた時から異変が始まった。
奇妙な音が聞こえ始めたのである。
唸《うな》るような音。そしてうおーんうおーんという怪物が鳴くような音であった。
音は四人が歩むにつれて大きくなっていった。
そして歩くこと三時間十三分。ついに四人は迷路を抜け出し、開けた場所に出た。
平賀が思うには、そこは蟻塚の中のような光景であった。

2

ロベルトはそれを見たとき、防空壕《ぼうくうごう》を連想した。
不気味な音は、不快なほどの音響になっている。
そして音が大きく響く度に天井から砂埃《すなぼこり》がぱらぱらと落ちてきた。
あたかも戦乱の最中といった感じである。

広さは三十平米、高さは今までの二倍ほどもあろうかという場所で、でこぼこした壁面には、横穴が無数に開いていた。

「この穴はなんだろう？」

ロベルトが一つの穴に近づいていって、懐中電灯で中を照らすと、「きゃっ！」という小さな悲鳴が聞こえた。

「誰かいるのかい？　大丈夫、君を傷つける者じゃない。話をしたいだけなんだ。出てきてくれないかい？」

すると穴の中で、ごそごそと音が聞こえ、人の頭がにゅっと穴の中から現れた。

薄い色の薄い毛髪に、乳のように真っ白な肌。懐中電灯の光に向かって眩《まぶ》しそうに細めた瞳《ひとみ》は、血のように赤かった。

教会で殺された少年と同じ特徴である。

平賀とビル、そしてジュワンニも驚いて集まってきた。

「何でしょう？　色のあるお方」

訛《なま》ったラテン語で答えがあった。

「いいから、まずは出ておいで」

ロベルトは出来るだけ穏やかな優しい声で言った。

おずおずと出てきたその人物は、少年という体つきで、灰色の貫頭衣を身につけていた。

これも教会で殺された少年と同じである。

「僕の名はロベルト・ニコラス。バチカンの神父だ。君の名は？」

バチカンの神父と聞くと、少年は、さっとロベルトの胸の十字架に目を移し、慌てて跪《ひざま》ずいて十字を切ると、頭《こうべ》を垂れた。

「失礼いたしました神父様。おらの名は、タバニーノといいます」

「年は幾つだい？」

「確か二十と七つです」

「君はいつからここにいるんだい？」

「生まれてからずっとです。おらの父親も、その父親も、代々、ここで教会のお役をいたしておりました」

「教会のお役って？」

「金を掘り出すことです。ですが金はもうとうに出なくなっています。なのに、おらたちはここから出してもらえないのです」

（金……。バルボアナ家の金か……！　たしかにゾーイ・トリスタン枢機卿《すうききよう》が出た時は、バルボアナ家が最盛期を迎えた時だった！）

「タバニーノ、君の他にも沢山の人がここに？」

タバニーノは頷《うなず》いた。

「みんな部屋の中にいます。色のあるお方が来たので、怯《おび》えているんです」

「何故、怯える必要があるんだい？」

「おらたちは色のある街に出たり、色のある人と話をしたりしてはいけないと教わっているからです。教会の免罪符と通行手形があれば別ですが、番人達はそれを渡してくれません」

「番人？」

「まだらの番人です。この奥の『黄金の部屋』の中にいます。最近、新しい番人の長が現れて、おかしなことを始めました。それに仲間のカンブリアーノも姿を消してしまいました……」

ロベルトは平賀達と目を見合わせた。

「もしかして教会で死んでいたのはその少年ですか？」

ジュワンニが不用心に口にした。

それを聞いた途端、タバニーノは恐怖に引きつった顔になった。

「殺されてしまったんですか！　だからみんなで番人に逆らうなと言ったのに！」

「落ち着いてタバニーノ。僕達はバチカンから調べに来たんだよ」

ロベルトはタバニーノの心を開かせる為になんと言っていいのか考えた。

「その調べというのはこういう内容だ。セント・エリギウス教会の金の採掘が完了しているか、また完了しているのならば、労働者達に免罪符と通行手形をやっていいかどうかを確認するということだ」

タバニーノはそれを聞くと、真剣な表情になった。

「免罪符と通行手形が貰《もら》えるのですか？　それならもう金の採掘は完了していますし、おら達は一生懸命働きました。セント・エリギウス教会の偉い方に聞いて貰ったら分かるはずです」

「そうなんだが、彼らは時々、嘘をつくのだよ。だからこうして内緒で確かめに来たんだ」

「嘘ですか？　ああっ、そうだ。その為なんだ。おらたちが真面目に金を掘っていないように見せかけるために、ここから金を運び出しているんです。免罪符だってあんなに沢山作っているのに、おらたちには一枚もよこさない」

タバニーノはふるふると震えた。

「タバニーノ、大きな声を出してはいかん、番人達に気づかれるぞ」

そう声が聞こえ、ひとつの穴の中から人影が現れた。

ロベルト達はその人影に向かってライトを当てた。

小柄な体。やはり白皮症のようで、毛髪がほとんど無かった。だが、その顔の皺《しわ》の多さから、その人物が、かなりの高齢者であろうことが判別出来た。

「わしの名は、クロック。年は五十と八になる。此処《ここ》の長老ですじゃ。神父様方は、本当にバチカンから？」

「ええ、法王のご命令で来ました」

「おおっ、わしの部屋においで下され。内緒でのお調べならば、番人達の目に気づかれないようにしなければ。わしがここでのことを詳しくお話しいたしましょう」

そう言うと、クロックは自分が出てきた穴の方を指さした。

穴の入り口は身を屈《かが》めて入らなければならないほど狭かったが、中は意外な広さであった。

中では小さな油壺《つぼ》の中で灯心が燃えていて、柔らかなオレンジ色の光があった。

ロベルト達は小さく膝《ひざ》を抱いてうずくまった。

壁の一面に、記号のようなものや無数の人の名前が線で結ばれたものがある。それらは、深く壁に刻まれていた。

クロックは部屋の隅に座ると、小さなノミを手にして、カンブリアーノの名前の上にバッテンをつけた。

「これは先祖代々、受け継がれてきたわしらの歴史です。わしらが此処に連れてこられたのは一一七一年。それからの月日は、子供らが生まれた日を目安にしました。なにしろここには昼も夜もないので、何日経ったのか分からないのです。わしは、ここ。母はスッテラ、父はガンバラ。この場所に連れてこられて三十八代目になります」

「Oh my God!　What's the hell is going on here!」

ビルが英語で唸《うな》った。

クロックは驚いた顔をした。

「気にしないで下さい。彼はバチカンが私たちの護衛の為にやとった外国人なのです」

ロベルトは外の世界に触れたことのない人々のことを考えて、咄嗟《とっさ》に言った。

「そうですか……。とにかくわしらは長い年月、セント・エリギウス教会の為に働きました。時々、お偉い方々や司祭様が見えて、金の採掘の様子を監視されました。それも私から十八代遡《さかのぼ》った先祖、ピエートロまでの間です。それからはお偉い方々は滅多にこられず、番人達だけがわしらを見張っていました。わしらは時に外に出ようと頑張ってみたのですが、みな、この鉱山の入り口までたどり着くことはできませんでした。鉱山の入り口自体が無くなっていたのです。どうしてそうしようとしたかというと、番人達が、わしらの子供らを殺すことがあったからです」

「子供を殺したですって？」

ロベルトは眉《まゆ》を顰《ひそ》めた。

「ええ、時々、背中の曲がった子供が生まれまして、その子達はまともに働けませんでした。そういう子を番人達は殺していったのです。この赤い星印がつけられた子達は、番人に葬られた子達です」

ロベルトは壁の名前につけられた多くの星印を見て、溜息《ためいき》を吐いた。

なんと悲惨な歴史だろう。

千年近くこの暗闇の中に大勢の人々が閉じこめられていたとは……。

「おそらく、くる病でしょう。ビタミンDが不足するとなりやすい病気です。何代もこういう環境で育てば色素異常が起こるのも当然でしょう」

平賀が、張り詰めた瞳《ひとみ》で言った。

「それで、カンブリアーノはどうして死んだのです？　あれは外に出ることが出来たのですか？」クロックが訊《たず》ねた。

「ええ、貴方《あなた》方の言う番人に殺されたのです。彼は外で殺された。ですから何か異常な事態が起こっていると感じて、私たちはここに来ました」

ロベルトは答えた。クロックの目から涙が滴ったが、彼はそれをすぐさま拭《ぬぐ》った。

「そうですか、外に出たのですね。カンブリアーノは頭のいい若者でした。少し空想癖があって、彼は大きな音をたてて番人達が作っている物を免罪符だと信じていたのです。それで番人達の様子をずっと観察していたようです。あの日、カンブリアーノはケルビムが夢に現れ、此処から外の世界に出る方法を教えてくれたと言っていました。まさか本当に外に出たとは……。だが、そのお陰でバチカンの神父様方が来てくださった……」

「ええ、彼の死は無駄ではありませんでした。クロック長老。この先に何があるのか、私たちに説明してくれませんか？」

するとクロックはもごもご口籠《ご》もった。

「大丈夫です。貴方が教えたとは誰にもいいませんから。それより皆で此処を出たいでしょう？　僕達が事態を見極めたら、かならず法王様にお伝えしますから」

「本当ですか？」

「キリストの御名において誓います」

クロックは頷《うなず》き、ノミで地面に線を描き始めた。

「この部屋を出たらまずは一本道です。それから横道と交差します。それを右に行けば迎賓室。お偉い方を迎える部屋です。左に行くと『死の部屋』があります。ここに入ると誰も生きて出てはこられません。平気なのはお偉い方と番人達くらいです。左にも右にも行かず、まっすぐ行けば、昔、金を隠していた『黄金の間』があります。部屋の前は鉄格子になっていて、番人の長が持っている鍵《かぎ》がないと中に入れません。気をつけなければいけないのは、この部屋には番人達や、最近新しく入ってきた労働者達がいることです。それにドラゴンが吠《ほ》える音が響き渡っています。私はこの目では見ていませんが、カンブリアーノはその中で金塊が運び出されているのと、免罪符が作られているのを見たと言っていました。どうかこのことを法王様にお伝え下さい」

「分かりました。確認してきますから」

ロベルトはクロックの手をそっと握った後、十字を切った。クロックは頭《こうべ》を垂れた。

四人は、クロックの部屋を出て、辺りを見回した。

光が漏れてくる通路が見えた。

まずは通路の入り口のところで四人は立ち止まり、誰もいないかどうかを確認した。

通路には等間隔で松明《たいまつ》を入れる籠《かご》が壁に取り付けられていて、その中で薪《まき》が赤々と燃えていた。見た限りでは人気はない。懐中電灯も必要なさそうだ。

四人はライトのスイッチを切って、ビルを先頭に足音を忍ばせて歩み始めた。

ビルは初めて銃を構えた。それを見ていたジュワンニも慣れない手つきで銃を取り出した。

三百メートルほど歩いていくと、確かに左右に延びる道が現れる。

「どちらに進みます？」

ビルが囁《ささや》くように訊ねた。

「まずは何かが行われているという『黄金の間』に行きましょう」

ビルは頷いて、真っ直ぐ進み始めた。

怪音がますます大きくなってきて、とても話をしても聞こえるような状態ではなくなった。

遠くに鉄格子と、白色灯が灯《とも》っているとみられる部屋の存在が確認出来た。

ビルが身振り手振りで、左右に分かれ、岩陰に身を隠しながら進むようにと指示を出す。

ビルと平賀、ジュワンニとロベルトが組になって、忍者のように鉄格子の下りた部屋へと近づいていった。

部屋から一番近い岩陰に身を隠し、四人は部屋の中を窺《うかが》う。

中には確かに、まだら服を着た男が三人ばかりいた。それから、ぎょっとするような金塊の山が積まれていた。そして大型の印刷機が数台。うぉーんと高い音を張り上げている。

そこから刷り出されていくのは、間違いなく百ドル札である。長いベルトコンベアーがあって、それは部屋の奥に開いた壁の穴の中へと繋《つな》がっていた。

部屋にはまだ五人ばかりの、クロックが他の労働者と言ったらしき人間が動いていた。

彼らは印刷機の中から出てきた百ドル札を束にしてベルトコンベアーに載せたり、小型の重機で、金塊の一部を持ち上げると、それもまたベルトコンベアーに載せていた。

彼らは緑色の制服らしきものを着ていて、その背中に、『エルロワ農業研究所』の文字が見えた。

ロベルトは此処で何が行われているのか一目で理解した。

ガルドウネ達は、この八百年近く人目につかなかった彼らの金庫を利用して偽札を大量に作り出し、それを金とともに地中から『エルロワ農業研究所』に送り込み、堆肥《たいひ》や農薬などの名目で、近くの小さな港から外へと送り出しているのだ。

田舎の小さな港なら、賄賂《わいろ》でも積めば、積み荷の内容などに四の五の言われないであろうし、もしかすると海上でいくつかの別の小型船に積み荷を分け、やはり通関審査などの甘い小さな港に持っていくのかもしれない。

なにしろ相手はガルドウネだ。その辺りは入念にやっているに違いない。

その目的は恐らく錬金術である。

経済テロを起こし、貨幣に対する信頼が失墜すれば、金が暴騰する。暴騰しきったところで金を売り、再び貨幣の価値を安定させる。そしてまたそれで金を買い戻せば、その利益は膨大だ。

バルボアナ家が、中世でも度々行ってきた方法である。

勿論《もちろん》、その時は偽札を作っただけではない。例えば王権の崩壊や国家の疲弊、あるいは英雄の誕生や国家の繁栄。戦争の行方。そうしたものを先読みしてそれを陰から操ることによって、貨幣価値を左右するのである。

ビルも大体のことが把握できたのか、険しい顔をしていた。

ふと平賀の方を見てみると、ただでさえ、頭が痛くなるような大きな音なのに、耳に手を当てて欹《そばだ》て、真剣な表情になっている。

彼の興味は、この轟音《ごうおん》の方にあるようだ。

するとジュワンニが突然、胃に手を当て、嘔吐《おうと》した。

真っ青な顔をしている。

音にあたったのだろう。

その時、ロベルトの背中に、鉄の塊が押しつけられた感触があった。振り向くと、一人のまだらの番人が、ロベルトに銃をつきつけている。さらにそいつの背後には、まだらの番人達が十名、銃を手にして立っていた。

中央には白いマスクを被《かぶ》り、一際鮮やかで金糸の入った衣装を着た番人がいた。

その番人はついっと前に歩み出て、デスマスクを取った。

ふさっと、プラチナの髪が舞った。

肩まで垂れたプラチナブロンド。面長な女性のような美しい顔立ち。深いエメラルドグリーンの瞳。薔薇《ばら》のように赤い唇。忘れるはずがない。ジュリアであった。

3

そのとき異常に気づいたビルが、咄嗟《とっさ》にジュリアに銃を向けたが、ジュリアが笑いながらロベルトに向けた銃の引き金を引く素振りをすると、ビルは諦《あきら》めた表情になって静かに銃を地面に置いた。

平賀も二人の番人に左右から挟まれ、銃を突きつけられている。

ジュワンニは真っ青な顔をしてへたり込みながら、銃を放り出した。

番人達はロベルト達の両脇を挟みながら、彼らに歩くようにと促した。

分かれ道の方まで行くと、ジュリアが言った。

「そちらのどうでもいいお二人は『死の部屋』へとご案内しなさい。そして平賀神父、ロベルト神父。貴方達は私とともにこちらに……」

ビルとジュワンニが番人達にせき立てられるようにして連れて行かれる。

「無防備に入ってこられましたね。首切り道化師が持っているのは大鎌だけではないのですよ。最新の銃も備えているのです」

そう言うと、ジュリアはつかつかと歩き出した。

平賀とロベルトは番人達に引きずられるようにしてその後に続いた。

ジュリアが立ち止まる。

その前には、バルボアナ家の大きな家紋がレリーフされた扉があった。

「お前達は此処《ここ》にいなさい。私はこれからこのお二人と話がある。入って良いと言うまで、そこで待っているように」

ジュリアの言葉に番人らは寡黙に頷いた。

「さあ、お二人とも中へお入り下さい」

ジュリアが中へと入っていく。

ロベルトは平賀と目を合わせて、ジュリアの後に従った。

＊　＊　＊

その頃、ビルとジュワンニは、不気味な髑髏《どくろ》のレリーフが施された部屋の前に立っていた。

ビルは反撃の機会を窺《うかが》っていたが、ジュワンニはふらふらとした足取りで、とても戦闘要員としては使えそうにもないし、神父達は人質に取られているようなものだ。

仕方なく番人達のいいなりに、部屋の中に入った。

巨大な扉が閉められ、部屋が密閉される。

天井は低く、ビルの頭の少し上にあった。

ビルは手探りで辺りを探った。

すると鉄製のザルのようなものが手に触れた。その内部には薪《まき》の感触がある。

ビルはポケットからライターを取り出して、火をつけた。松明《たいまつ》にできるようになっている。

だが、ライターの火でことたりるはずはない。

「バフィ捜査官、ライターをくれ！」

ジュワンニはライターをビルに手渡した。

ビルはジュワンニのライターのオイルを全部、薪にぶちまけると、そこに自分のライターで火をつけた。

赤々と薪が燃え上がる。

そして浮かび上がってきたのは、不気味な『死の部屋』の様子であった。

部屋の一面には、悪魔達のレリーフや、わけのわからない文字、数字、幾何学的な浮き彫りなどがされている。そして床には、あきらかに古い年代の骸骨《がいこつ》が十数体、転がっていた。

ビルはすぐにポケットから携帯電話を取り出した。

対策本部にいる自分の部下に電話をかけようとするが、案の定、圏外である。

「くそっ、どうすりゃいいんだ」

ビルは、ぐったり横に座っているジュワンニのことは無視して、閉じた扉をこじ開けようと頑張ってみた。だが、隙間一つない扉は、がんとして開かない。

「もう駄目ですよ。ここって、『死の部屋』でしょう？　僕らもあの骸骨みたいに処刑されるんですよ。こんなところ来なきゃ良かった」

ジュワンニが弱々しく言った。

＊　＊　＊

平賀とロベルトの前に出現したのは信じられないほど豪華な黄金の部屋であった。

多くの鏡と金箔《きんぱく》が全面に張られた壁。そして椅子やテーブルまでもが、金色に輝いていた。

まるでベルサイユ宮殿の鏡の間と、日本の金閣寺を合わせたようなしつらえである。

「大事なお客様しか迎えない間です。お二人とも、どうぞ椅子に腰掛けて下さい」

ジュリアはそう言うと、一番大きな長い背もたれつきで、前脚がライオンの彫像になっている椅子に腰掛けた。

平賀とロベルトは適当な椅子に並んで座った。

「貴方《あなた》方が何時かは来ると思っていました。貴方方の前任者は、さっさと奇跡と認めたというのに、全く、貴方方が来たのは計算違いでしたよ。しかしまあ、奇跡のお陰で時間稼ぎはたっぷり出来たし、計画が殆《ほとん》ど終わりそうな時なので良かった」

ジュリアはそう言うと、余裕を見せながら晴れやかに笑った。

その笑い顔は、まるで大輪の白い薔薇のようである。

「偽札に指紋を残したのが命取りでしたね」

平賀が言うと、ジュリアは首を振った。

「別にあれはどうでもよいことだったのです。私の指紋が出たところで、私がいるこの場所など誰にも見つけようがなかったのですから。ここを見つけるだなんて、貴方方は本当に凄《すご》いですよ。八百年間、誰にも見つからぬ秘密の場所だったのに……。私に誤算があったとすれば、貴方方がここを見つけたことと、ここにいた少年が一人逃げ出したことだけです。あの少年の逃走だけは予見できませんでした。まあ、しかし少年の死体が出たところで、何処の誰だかも分からなかったはずだ。貴方方さえいなければね。全く、貴方方は私にとって鬼門ですよ」

「一体、君たちは何をしているんだ。正気なのかい？　何百年も人々を地下に閉じこめておくなんて」

ロベルトが言うと、ジュリアは得意げな口調で答えた。

「面白いでしょう？　ここはガルドウネの錬金場であると同時に、実験の場でもあるのですよ」

「実験の場だって？」

「ええ、閉鎖された環境で人間をどう支配すればうまくいくかを実験しているのです。ここは代々、ガルドウネの者達が、囚人達をこの番人の格好をして教育してきました。その結果、面白いことに囚人達はピストルよりも、このまだらの服を畏怖《いふ》しているのです。そして象が象使いに仕えるかのように、番人の数も少ないのにも拘《かか》わらず、そして必要最低限の生活用具しか与えていないにも拘わらず、実に八百年近い年月、彼らは不満も言わずに働き続け、反乱一つ起こさず、こうして我々の支配のもとで地下生活をしてきたのです。洗脳を施し、恐怖を植え付けた結果、我々は人間を支配するのに有効ないくつかの方法をここで模索できました。けど、これぐらいの実験は驚くにあたいしないものです。ガルドウネは他にも様々な興味深い実験を行っているのですよ」

「気味の悪い話だ。君たちには良心というものがないようだね。それで、僕達に話とはなんだい？」

ロベルトは訊《たず》ねた。

「特別な話ですよ。滅多な人に持ちかける話ではありません。趣旨としては、貴方方をガルドウネにお迎えしたいということです」

「馬鹿な。話にならないね」

ロベルトが言うと、ジュリアは不思議そうな表情をした。

「そうでしょうか？　お二人とも我が組織に入る動機は十分あると思うのですが？　私たちは、貴方方のことを、よおく調べたのです。お二人ともガルドウネに入るには問題無く優秀な方々だ。バチカンなぞには勿体《もったい》ない。お二人の仕事ぶりを調べさせてもらってそう確信しました。まず平賀神父。貴方はベルリン大学に十五歳で入学。十七で科学博士となり、その後、物理、生物と博士号を取得。大学側から将来を嘱望され、研究室に残るように勧められるが、それを辞退して、バチカンの『聖徒の座』に入った。その有能ぶりは誰もが認める所だという。そしてロベルト神父。貴方はローマ大学で言語学と民俗学を専攻し、ともに博士号を取得。そして『聖徒の座』に入って最初の仕事から貴方の能力は他の者を凌駕《りょうが》した。十四世紀後半にしたためられたという謎の文章、ミッチェラン文章を百人体制で解読している中、一番最初にその複雑な暗号コードを読み解いたのも貴方だ。真《まこと》に素晴らしい。ガルドウネに相応《ふさわ》しいお二人だ」

「本気で私たちがガルドウネに入ると思っているのですか？」

平賀が険しい表情でジュリアを見た。

「思っていなければ、ここで話なぞしていませんよ。貴方方にはガルドウネに入る動機は十分にある」

ジュリアは催眠力のある瞳《ひとみ》で、交互に平賀とロベルトの顔を見た。

「まず平賀神父。貴方には良太《りょうた》君というそれはそれは可愛い弟がおありだ。しかしながら、彼は骨肉腫《こつにくしゅ》に冒されている。バチカンが僅《わず》かばかりの寄付をして、先端医療を受け、なんとかまだ一命をとりとめているが、明日をも知れない命。バチカンからの寄付はもうこれ以上、それほど期待できないでしょうし、現代の医学では他に打つ手はない……とされている。しかし、貴方が我がガルドウネに入ればどうでしょう？　私たちはバチカンなどが及びも付かないだけの治療費を提供できますよ。それにごく一部の特権階級だけにしか許されていない特別な治療法だってあるのです。どうです？　良太君が元気に走り回る姿を見たくはありませんか？」

平賀は酷《ひど》く緊張した表情になった。

それはそうだろう。平賀は金品などでその信仰心を揺るがすような人間ではないが、弟の命を引き合いに出されては、実際、心が揺れるかもしれない。

それで、平賀がガルドウネに入る決心をしたとしてもロベルトは許すつもりであった。

もし自分が平賀の立場であったら、ガルドウネに身をゆだねるだろう。

平賀が瞬き一つせず、無表情な顔になるのは、考え込んでいる証拠である。

それを眺めながらジュリアは、ふと笑みを零《こぼ》して、今度はロベルトを見た。

「ロベルト神父。貴方もです。貴方は先の事件で殺人犯の息子という汚名を公にしてしまった。勿論《もちろん》、それは貴方の罪ではないが、お堅いバチカンはそうは思わないでしょう。貴方のこれからの出世の望みはゼロです。貴方が常に語っているような班を率いる司教クラスになって、いつか自分が解読している古文書の内容を全て把握したいなどという夢は絶望に近い。だが、ガルドウネは貴方をそのようには扱わない。実はガルドウネにも解読を試みたい古文書が、バチカンに引けを取らずあるのですよ。古代の知恵と秘密の教典です。中には『死海文書』のさらに原本となったのではないかとおぼしき古文書もある。貴方はそれを読み放題。しかも給料はバチカンの比ではない。貴方は平賀神父と違って、その辺りの世事にも明るい人でしょう？　どちらが得か分かりますよね？」

ジュリアは大天使のような美しい顔でロベルトを見つめた。

ロベルトは確かに心の中に揺るぎを感じた。

ジュリアの言う通り、その方が得に違いない。

同時に、ルシファーとは、悪魔長とはこういうものではないだろうか、と思った。

美しい姿で巧みに人の心を困惑させ、操り、陥落させる……。

「ジュリア司祭、貴方《あなた》はどうなんでしょう？」

突然、平賀が口を開いた。

「どう、とは？」

ジュリアが不思議そうな顔で訊ねた。

「貴方はあの貧困のアフリカの村で、毎日、怪我や病気で訪ねてくる人々に無料で治療を行っていました。何年も、何年もです。治療を行っている時の貴方の顔は真剣でした。真剣に人々を救おうとしておられると……私はそう感じました。確かにガルドウネの陰謀の為に、貴方は良き司祭を演じていたのだと思います。しかし、私はそれ以上の何かがあったのだとしか思えないのです」

「それ以上の何か？」

ジュリアはピンときかねる表情で訊ねた。

「ええ、慈悲の心です。私は確かに貴方に慈悲の心を感じました。それは間違いですか？」

平賀は真剣そうであった。

ジュリアは深いエメラルドグリーンの瞳をふと宙に浮かせた。

「さぁ、どうでしたっけ……。大体、慈悲の心というものの定義が私には分からないので」

「それさえ、持っていれば、貴方は神の子として、いつでもやりなおせるのですよ」

ジュリアは不思議そうに無垢《むく》な顔をして平賀を眺めた。

「別に、私は神の子になる気はさらさらないのです。私は生粋のガルドウネの子です。大体、神の子などになって、何が楽しいのですか？　逆にお聞きしたい。神は、エデンの園で、人間をペットのように飼い、『知恵』も『永遠の命』も与える気はなかった。全く、けちくさい話です。神が人に何をしてくれるというのですか？　聖書をもう一度良く読んでごらんなさい。神は常に人を罰してばかりだ。奇跡や神の恩恵なぞ、この世には存在しない。それは貴方方が一番良く知っているでしょう？　ですが、その人間に『知恵』を授けてくれたのは年取った蛇。すなわち悪魔ですよ。だから私たちガルドウネは悪魔をそしてルシファーを人類の恩人として讃《たた》えているのです。貴方方のその素晴らしい頭脳も、いわば悪魔が与えてくれたものなのですよ。感謝しなければ」

「貴方は、貴方の子供にもそうして悪魔を讃えさせ、人の心臓をくり抜くような儀式をさせる気なのですか？」

「私の子？」

「そうです。貴方の子です。エイミー・デボラに妊娠させた貴方の子です」

「私の子というより、あれはガルドウネの子ですよ。ちゃんと中央の手によって大事に育てられています。どうしているかは知りませんがね」

「ジュリア司祭、目を覚まして下さい」

「平賀神父、貴方こそ目を覚ますべきですよ。弟さんの為にね」

「平賀、無駄だ。この男に君の言葉なぞ通じない。はなから心というものを持っていないんだ」

ロベルトは思わず叫んだ。

「そうですね。不毛な話は止めましょう。貴方方にガルドウネに入る意思があるのかないのか、どちらかをお伺いしたい」

「貴方は自分で思っている以上に哀れな人です」

平賀は呟《つぶや》いた。

「私が哀れ？　どういうことだかさっぱり分かりませんが？」

ジュリアは首を傾げた。

「貴方はガルドウネの子として生まれたことを言い訳に、魂を汚すような行為を正当化している。だが、世の中には、どんな過酷な過去があったとしても、人を慈しみ、思いやる人がいる。神の行いをなぞる人がいる。例えばロベルト神父がそういう方です。通常なら耐え難いほどの経験をしたのにも拘《かか》わらず、神の使徒として生きています。ロベルト神父ほどの強さと清らかさを貴方は持っていなかった。そうです。それが答えです」

そんなことを平賀が思っていたとはロベルトは知らなかった。

そしてそれが自分が賛辞されるほどのことであるかどうかについて戸惑った。

「馬鹿馬鹿しい。神に仕える強さだとか清らかさだとか、貴方方の価値観にはとうてい同調できませんね。で、どうなのですか、ガルドウネに入る意思は？」

ジュリアは鼻先で笑った。

「私は入りません」

平賀がきっぱりと言い放った。

「弟さんを見捨てるのですか？」

「見捨てるのではありません。私が出来る限りのことをします。慈悲の心もない人に助けてもらいたいとは思いません」

「やれやれ、残念なことです。貴方がガルドウネに入るなら、私の側近にと思っていたのに……。ロベルト神父、貴方はどうですか？」

「無論、入らないね」

平賀と運命を共にしようと決心していたロベルトは答えた。

「それは残念です。いい条件をお出ししたはずなのですが、お二人とも頭が固い。神の使徒というのはこれだから厄介だ。では残念ながらこれでさよならです」

そう言うと、ジュリアは大声で番人達を呼んだ。

番人達は部屋に入ってくると、平賀とロベルトの腕を両脇から摑《つか》んだ。

「お二人を『死の部屋』にお連れしろ。中に入られたら、すぐに刑の執行だ」

番人達は頷《うなず》くと、平賀とロベルトを引っ立てるようにして歩き始めた。

4

乱暴に『死の部屋』に放り込まれた平賀とロベルトは、そこでビルとジュワンニに対面した。

「神父様方、大丈夫でしたか？」

ビルがそう言いながら寄ってくる。

「今のところ大丈夫ですが、これから大丈夫ではなくなりそうですよ」

ロベルトは答えた。

平賀は鋭い目で、部屋の中を見回している。

ロベルトが見たところ、部屋のレリーフや記号は、地獄界と、その世界を統括する悪魔の名前などが刻まれたものだった。

その時、ごおおおっ、と大水の流れる音が響きだした。

「厭《いや》な兆しですね」

ビルが全身から戦闘的なオーラを発しながら言った。

「あれを見て下さい」

平賀が壁にあった一体の悪魔の像を指さした。

それはラバの頭部、人間の胴体、孔雀の羽を持っていた。

アドラメレクという地獄の尚書長で悪魔上級会議の議長である。

そのラバの口から、ちょろちょろと水が流れ落ちてきている。

「こっ、こっちもです」

座り込んでいたジュワンニが立ち上がる。

その側には、顔はフクロウ、体は狼、尾は蛇の姿をした地獄の公爵アモンの像があって、やはりその嘴《くちばし》の先から水が流れ落ちてきていた。

そうして気づくと、壁に無数に刻み込まれた悪魔像が次々と口から水を吐き出してきている。

「まさか……」

ビルが険しい顔をした。

「そのまさかのようですね。彼らは私たちをこの部屋で溺死《できし》させるつもりのようだ」

ロベルトの言葉にジュワンニが涙声で言った。

「溺死なんていやですよー。神父様、助かるようにお祈りして下さい」

「黙ってろ!」

ビルがジュワンニに怒鳴った。

その間にも水位はくるぶしのところまで上がってきていた。

「何か方法はありませんか？」

ビルが訊《たず》ねる。

「ソロモンの忠告の第三番目に脱出するヒントがあるはずです」

平賀がロベルトの横に寄ってきて言った。

「ふむ。『金星と月が合する中、獣たちの純粋な数を間違いなく数えろ』だったね」

「ええ、普通に考えると、ホロスコープのようなものがあるのかとイメージするのですが、それらしき物は見あたりません」

ロベルトは考え込んだ。二人がそうしている間に、水位は腰の辺りまで上がってきていた。

「この分でいくと、およそ八分で部屋は水で満たされ、私達はその五分後には溺死しますね」

平賀は時計を見ながら淡々と言った。

ジュワンニは震え上がっている。

ロベルトはふと、あることを思い出した。

「どうしたのです？」

「扉口の屋根にあった悪魔像を思い出したのさ。ほら、三本の角を持つ山羊《やぎ》の姿をした悪魔だよ」

「そう言えばありましたね」

「あれと同じようなものがラサの出土品にあってね、その正体は月の神と合体した金星神アッタルが悪魔化したものだと推定されている。ホロスコープめいた暗示をしているのは引っかけではないかな……」

「月と金星の合体……。ではこの壁に彫られている悪魔像の中にそれがあるとしたら……」

「そこにヒントがある……」

ロベルトは確信して、皆に言った。

「三本の角がある山羊の悪魔像を見つけなければなりません。平賀は右の壁を、ジュワン二捜査官は左の壁を、僕は前の壁を、サスキンス捜査官は扉の方の壁を見て下さい。そして見つけたら、合図を！」

四人はそれぞれの方向に散って、三本角の山羊の像を探し始めた。

とにかく、まずは水の上までの視界が良く利く場所を探し回る。

なかった。

ロベルトは思いっきり息を吸って肺に溜めた。

そして水の中へと潜った。

幸い、水は濁っていなくて、視界には問題なかった。

だが、目的の像はなかなか見つからない。

息が続かなくなって水の上へと上がる。

また息を吸い込んで水の中に潜る。

それを二度、三度と繰り返した。

水位はロベルトの胸の辺りまで来ていた。背の一番低い平賀は首の近くまで水に浸《つ》かっている。

ロベルトは焦った。

「ありました。三本角の山羊の像がありましたよ！」

ジュワンニ捜査官が叫んだ。

三人は水をかき分けてジュワンニの近くに駆け寄った。

ロベルトは再び大きく息を吸い込み、水の中に浸かっていた。

沢山の悪魔像に囲まれて、三本の角を持つ山羊の顔がある。

そこまで確認してロベルトは水の上に上がった。

「間違いないようだね。平賀、一緒に確認してくれ」

ロベルトの言葉に平賀は頷いた。二人で息を大きく吸い込み水中へと潜る。

水中に歪《ゆが》んだ悪魔像が現れた。ロベルトが見る限り、その悪魔像の周辺にはギリシャ文字が鏤《ちりば》められていた。それ以上の特別なものは見あたらない。

二人は水中で瞳《ひとみ》を合わせ、再び顔を水面から出した。

この時、水位はすでにロベルトの首辺りまで来ていて、平賀の唇を浸していた。

「ギリシャ文字が書かれている。なにかの暗号かもしれない。僕がもう一度潜る」

ロベルトはそう言うと、再び何度か息継ぎして、水中へと潜った。


ΘΙΛΜΚΝΠΞΣΟΡΤΧΥΩΦΨΑΔΕΖΗΒΓ

文字の並びはそうなっている。ロベルトは今まで出会ってきたあらゆる暗号のコードブックを頭に巡らせた。

駄目だ！

どうにも意味が見いだせない。

息も続かなかった。ロベルトは水中から顔を出した。

その時には事態が深刻になっていた。

背の高い自分が、立ち泳ぎしなければ鼻が水面上に出てこない。平賀を見ると、ビルが必死にその体を抱えて、僅《わず》かに残った空間に顔を出させている。

「駄目だ。コードブックが分からない」

「ええ！　じゃあ、僕達もう……」

ジュワンニが悲観的な声を上げた。

平賀は口の中で何事か呟《つぶや》いていた。

「これは、いよいよ神父様方に、お祈りをお願いしないといけませんね」

ビルが観念したように言う。

「……待って下さいロベルト。ギリシャ語のアルファベットで　二、三、五、七、十一、十三、十七、十九、二十三番目に当たる文字はなんですか？」

「ΒΓΔΗΙΚΜΟΠだ」

「もし『純粋な数』という言葉の意味が、一と自分以外の他の数では割りきれない素数を示すのだとしたら、そのアルファベットが怪しいです。それと、正しい順番に押していかないといけません」

平賀が半分、顔を水につけながらこちらを振り返った。

「ギリシャ語のアルファベットぐらいなら私にも分かります。バフィ捜査官、神父様を預けるぞ」

ビルが平賀の体をジュワンニに受け渡している。

ロベルトは慎重に息を整えて、再び水中に潜った。

ビルがその後をおいかけて潜ってくる。

ロベルトは山羊の像を取り巻いているアルファベットの中から、最初にBを探した。そしてその文字を押してみた。文字はゆっくりと壁の中に沈んだ。

その横でビル捜査官が、Γの文字を押している。

その間に松明《たいまつ》の火が消えた。

幸い文字は刻まれたものなので、感触で何の文字かは確認出来た。

二人して、肩を叩《たた》いて合図し合い、Πの文字まで押した後、殆《ほとん》ど水位は天井まで数センチというところまで来てしまっていた。

ロベルトは限界を感じ、一度、水面に浮き上がって息を継いだ。

数秒後に、ビル捜査官も浮かび上がってきた。

「もう少しなのに、息が続きませんでした」

ビルが苦しげに言う。

「今度は私の番ですね」

暗闇の中で、いきなり平賀が大きく深呼吸して水中に潜りだす気配がした。

「平賀神父！」

ロベルトは叫んだが、追いかけていく体力は存在していなかった。

第一、辺りは真っ暗で、平賀の姿さえ見えないのだ。

そして部屋が水で溢《あふ》れかえったとき、奇跡は起こった。

いきなり強い水流が起こり、部屋から水が流れ出していく。

どうやら壁の下にあった排水口が開いたようだ。

その時、いきなり光が部屋に満ちあふれた。

ビルが上着を脱ぎ、光を放つ棒状のものを手にしている。

「FBIの七つ道具ですよ。いざというときの防水性の松明です。一時間は持つはずですが、煙には少しご勘弁を！」

ビルは説明したが、ロベルトの耳にはそんな言葉など入ってこなかった。

ロベルトは腰の高さまで引いた水の中で、ぷかりと浮いている平賀の方へ駆け寄った。

そしてその体を抱き上げた。

「平賀！　大丈夫か！」

平賀は蒼白《そうはく》の顔をしていたが、ぱちりと瞳を開いた。

「すいません。気が遠くなってしまっていて。もう少しで水を吸い込むところでした……」

平賀はそう答えると、ロベルトの首に手を回し、自力で立ち上がった。

「大丈夫ですか、神父様方！」

ビルが声を掛けてきた。

「ああ、ええ……大丈夫だと思います」

平賀が答えた。

ジュワンニ捜査官は泣いているような、笑っているような奇妙な表情をしていた。

その時。

ぎりぎりぎり、と歯車が回る音が響いた。

壁の一角が、開いていく。

それは暗い坑道へと続いていた。

「こっちだ！」

ビルは叫んで、歩き始めた。

ロベルトは、まだふらついている平賀をかばいながら歩いた。

その坑道は、一本道で、軽い上り坂になっていた。

「地上に近いようだな」

ロベルトが言うと、「ええ」と平賀は頷《うなず》いた。

坂を最終まで上り詰めると、門らしきものが見えた。

「出口ですね……」

平賀が呟く。

ビルは、辺りに目を配ると、扉の脇に出ているハンドルを回し始めた。

鈍い音がして、小さな扉が開いていく。

「神父様方はお先に！」

ビルが言った。

平賀を支えながらロベルトは扉を潜《くぐ》った。

第九章　我、主とともに響かん

1

「ここは？」

ジュワンニが目を瞬いた。

「教会の内陣の中ですね。例の少年はここから教会内に入ったのでしょう」

ロベルトは答えた。そこは確かに教会の内陣の祭壇の前であった。祭壇は二つに折れるように開かれ、そこが坑道と繋《つな》がっていたのだ。

ビルの姿が現れると、数秒して、自然と祭壇に開いていた扉が閉じた。

「まさに、一方通行の道ですね。ノウハウがないと決してたどり着けない帰り道です。全く、こんなものを中世の技術で造り得たなんて愕《おどろ》きです。それにしてもカンブリアーノがあの『死の部屋』のからくりを自分で発見出来たとは考えにくいですね。やはりケルビムの夢のお告げで知ったのでしょうか？　だとしたらその方が奇跡です」

平賀が、ふうっと深い息を吐いた。

ビルがジュワンニを小突いた。

「早く本部に連絡を取って、エルロワ農業研究所を封鎖するように伝えてくれ！」

ジュワンニが、はっと気を取り戻したかのように携帯電話を取る。

「すいません、そのついでと言っては何ですが、リヴォルノの空港で、二、三日前に航空機トラブルがなかったかどうか調べるようにお願いします」

平賀が言った。

ジュワンニは頷き、携帯で指示を出している。

四人の騒ぎを聞きつけたのだろう。神父達が集まってきた。

「どうなされたのです、そんなに全身ずぶ濡《ぬ》れで……」

アブラハムが戸惑った顔で言った。

「それより、今日のミサで奇跡は起こりましたか？　正確には九時十七分頃です」

平賀が訊《たず》ねている。

「ええ、いつものように奇跡が起こりました。時間は定かではありませんが、ミサの半ばぐらいでしたから九時半頃かと……」

エヘミア神父は心配気な顔で答えた。

「そうですか」

平賀はそう言うと、ずぶ濡れのままで自分の居所《シエル》へと向かっていく。ロベルトはその後を追った。

居所《シエル》に入って、成分分析器を険しい顔で見ている平賀にロベルトは声をかけた。

「何か分かったのかい？」

「ええ」と、平賀は頷いた。

「アルカロイドです。それも化学式は$C_{17}H_{21}NO_4$……つまりコカインです」

「コカイン？」

「教会の広間の床の埃《ほこり》の中に、コカインの成分が含まれていました」

「一体、誰がそんなものを教会に？」

「分かりません。もっと検討しなくては。でもこれで光の奇跡の説明が出来ます。角笛の奇跡の時、なにがしかの原因でコカインが大量に空気中に霧散した状態になったとしたらどうでしょう？　コカインは粘膜などから摂取され、短時間、強い幻覚を見る性質のある麻薬です。特に顕著なのは瞳孔《どうこう》が開き、光が眩《まぶ》しく感じられることです。広間にいる人々はコカインの無意識の摂取と、脳に影響を与える超低周波の影響で、それぞれに光や聖人の出現、そしてキリスト像が動くといったような幻覚を見たのです。ビデオカメラで捕らえられなかったのはまさしくそれが幻覚であったから。そして一時的にカメラで撮れたと思ったのも、その時、画像を見ていた私や貴方《あなた》が幻覚を引き起こしていた状態にあったからなのです。だからコカインの効き目が切れてしまうと、画像からも光が失せてしまったように感じたのです」

「なる程、しかし、なにがしかの原因というのは？」

「それもすぐに分かるでしょう」

平賀は勝算ありという顔で言った。

こんな時の平賀は、背筋がぞくりとする程、頼もしく感じられる。

ロベルトは無言で頷いた。

「さて、それはそうとして着替えないかい？」

「ああ、そうですね。それは尤《もっと》もです」

二人は互いに苦笑し合い、ロベルトは自分の居所《シェル》に戻るために平賀の居所《シェル》を出た。

そこにはまだ三人の神父達がいて、物憂げな顔で囁《ささや》き合っていた。

「サスキンス捜査官と、バフィ捜査官は？」

ロベルトが訊ねると、「さきほど、慌てて外に出て行かれました」と、ヨブ神父が答えた。

恐らく二人ともエルロワ農業研究所に向かったに違いない。

ジュリアは段取りは殆《ほとん》ど終わったと言っていた。

それに間に合えば良いのだが……。

ロベルトは考えながら、自分の居所《シェル》に入った。

服を脱ぎ、ずぶ濡れの体を拭《ふ》いて、新しい服に着替える。

それが終わった後、ロベルトはパソコンを開いて、この付近の写真地図を呼び出した。

そう、カルロ殺害の実行犯と思われるトロネス司祭、当時のアントーニオとテレーザ亡き後、事件の証言は得られない。だとしたら何か状況証拠は摑《つか》めないのだろうかと考えていたロベルトは、事件後、アントーニオとテレーザが語った帰宅経路に注目していたのだ。

人間、ある程度、事件の核心の部分となると打ち合わせしていて嘘を吐くことは出来る。だが、些細《ささい》なこと、とくに事件の核心に触れそうにないことに対して嘘は吐きにくいのではないだろうか？

ロベルトはそんな風に考え、アントーニオが帰宅したと思われる足取りと、テレーザが帰宅したと思われる足取りを地図でたぐってみた。

すると、二人の足取りが交わる一点があった。

ロベルトはその一点の付近の緯度経度をメモに書き留めた。

それから酷《ひど》い疲労がロベルトを襲った。無理もない。殆ど、丸一日、坑道の中を歩き回っていた計算になるのだ。

ロベルトは思わずベッドに突っ伏し、そのまま眠ってしまった。


ハロス。ハロス。ハロス。

村の森には、あっちっちの家がある。

あっちっちの家には火を消すお井戸。

けれどもお井戸の底では、大釜《おおがま》がぐっらぐらっ。

悪魔が番するお釜が、ぐっらぐらっ。

気をつけろ。

気をつけろ。

ハロス。ハロス。ハロス。

お釜をこぼすと悪魔が怒る。

怒って首を狩りに来る。

お釜をこーぼした。

悪魔よ出てこいここに来い。

ハロス。ハロス。ハロス。

枕元の天使達が、甲高い声で歌っていた。

悪魔は単に教会が金山の存在を伏せる為の番人であった。

本物の悪魔なんぞいなかったのだ。

しかし、その悪魔を模したアントーニオに降りかかった災難は一体なんであったのだろう？

共犯のテレーザと婚約してからの両親の事故死。

そして結婚式当日には、テレーザが落雷で死亡する。

神の怒り……。

そう、アントーニオが恐れたのも無理はない。

確かにそれらは神の怒りとしかいいようのない事故だ。

——神が人に何をしてくれるというのですか？

聖書をもう一度良く読んでごらんなさい。

神は常に人を罰してばかりだ。

奇跡や神の恩恵なぞ、この世には存在しない。

それは貴方方が一番良く知っているでしょう？

ですが、その人間に『知恵』を授けてくれたのは年取った蛇。すなわち悪魔ですよ。

ジュリアの言葉が頭の中を渦巻く。

全くその通りかもしれない……。

アントーニオも、そうトロネス司祭も、神の慈悲など求めずに、そのまま悪魔と手を組んでいれば死なずにすんだのかも……。

ロベルトが、霞《かす》んだ頭でそう思った時、居所《シェル》のドアをノックする音が聞こえた。

「ロベルト、大丈夫ですか？　私です」

平賀の声だ。

ロベルトの不安な思考はたちまち打ち消され、彼はベッドから立ち上がった。

「ああ、大丈夫だよ。少し眠っていただけだ」

安堵《あんど》したような溜息《ためいき》が居所《シエル》の外で一つ。

「よかった。私も眠っていたのですが、さっきからサスキンス捜査官が何度ドアを叩《たた》いても、貴方から返事がないと言ってこられたので……」

「サスキンス捜査官が？　なら随分、熟睡していたのかもしれないね」

ロベルトはベッドから立ち上がり、居所《シエル》のドアを開けた。

そこには、平賀とビルが立っていた。

ビルはあれから捜査でばたばたとしていて眠っていないのだろうが、さすがに鍛えられた捜査官だけあって、平然とした顔である。

「エルロワ農業研究所に捜査本部が入りました。本格的な捜査が始まります。どうやら現状では、捕らえられた職員は、皆、外国人労働者で、自分たちがしていることの実態を知っていた様子はないということです。それから会社の上層部はどこかに逃げ失せて研究所はもぬけの殻でした。無論、ジュリア・ミカエル・ボルジェの姿は見あたりませんでした」

「そうですか……。そうだサスキンス捜査官、ちょっとこれを見て下さい」

ロベルトは平賀とビルに居所《シエル》の中に入るようにと手招きした。

そして彼らにパソコン上に映し出された衛星写真を見せた。

「この辺りの地図です。ここから、僕はアントーニオとテレーザが帰宅した道を辿《たど》ってみたんだ。すると二人の帰った経路が一つの点で交わっている。ここです」

ロベルトは地図のポイントを指さし、緯度経度を書いたメモをビルに手渡した。

「ここになにかあると？」

ビルが訊《たず》ね返す。

「あくまで推測ですが……」

「分かりました。捜索してみましょう」

「同行してもいいですか？」

ロベルトが訊ねると、ビルは快く頷《うなず》いた。

「いいですとも、神父様方は命の恩人だ」

そして二時間後、ジュワンニに伴い鑑識部隊がやってきた。

一同は、再び、あの忌まわしい森へと向かった。


「位置からすると大体この辺りです」

ジュワンニが言った。

「何を目安に捜索すればいいんでしょうか？」

ビルがロベルトに訊ねてくる。ロベルトは暫《しばら》く考えた。

「アントーニオとテレーザがカルロを殺したとなると、その時に使った物。例えば道化師の衣装だとか、ゴムの仮面だとか、凶器の大鎌だとかを何処《どこ》かに隠したはずです。そして隠したとすればこの辺だと僕は推測しているんです。何処かに何か変わった痕跡《こんせき》はないでしょうか？」

ロベルトの言葉に、平賀を始め、全ての人々が周囲の状況を眺め始めた。

人々がばらばらと散って、地面や木々の様子などを観察し始める。

そして十数分後、平賀が声を上げた。

「石榴《ざくろ》の印の入った木があります」

ロベルトはそこに向かった。

「石榴の印のことを四人の若者の中でドメニカ以外は知っていたとなると、アントーニオとテレーザがこの木の場所で落ち合った可能性は高いね。なにしろ森で唯一の目印だ」

ビルとジュワンニ、そして鑑識達もやって来た。

「何かあるな」ロベルトは地面から突き出た石の様なものに触れてみた。石ではない。あきらかに金属の手触りだ。掘り出してみると、それは半分焼けこげてはいるが、古い型のテープレコーダーだった。

平賀が言った。

「おそらくこれも小道具だ。この辺りの地面を掘り返してみて下さい」

ロベルトが言うと、ビルとジュワンニは頷いた。

すぐに鑑識達がスコップを出してきて、木の周辺を掘り返し始める。

誰もが、掘り返していく地面の底を眺めながら、ゆっくりと作業を進めていたとき、ロベルト達のすぐ横にいた鑑識が振り返った。

「異物がありましたよ」

穴の中を覗《のぞ》き込むと、半分焼けたまだらの布がのぞいている。

「やはりここでアントーニオとテレーザは落ち合い、初めから深く掘っていた穴の中に物証を投げ込んで、焼こうとしたんです。その時、側にあった木が焦げはじめた。木に火が燃え移ることを恐れた二人は慌てて穴を土で埋め、それからばらばらの方向に向かって歩いた……」

ロベルトが言うと、ビルは、「確かにそれは間違いないでしょう」と呟《つぶや》いた。

「けど、三十二年前の殺人事件となるともう時効です。それに犯人とおぼしきトロネス司祭とテレーザは亡くなってしまっていますし。これ以上の事件の追及のしようはないですね」

ジュワンニは、ふうーっと溜息を吐いた。そして思い出したように、平賀に言った。

「あの、言われていた航空機事故ありましたよ。三日前の朝十一時ローマ発256便が空港を飛び立ってから五時間後に機体不良を起こして、引き返し、リヴォルノの空港に緊急着陸したらしいです。神父様よくそんなこと分かりましたね」

平賀の瞳《ひとみ》が、きらりと輝いた。

何かが分かった様子だ。

「トロネス司祭のお亡くなりになった経緯と原因とに言及したならば、少し私のわがままを聞いていただけるでしょうか？　難しいお願いではないのです」

平賀が、じっとジュワンニを見た。

ジュワンニは、きょどきょどとした様子だ。

「三十二年前のお蔵入り事件と、今回のトロネス司祭の謎の死、そして国際問題である偽札密造のことを解明できたならば、バフィ捜査官の大手柄ということになるでしょう。それにもっと驚くことがありそうですよ。勿論《もちろん》、我々は神の使徒です。そのことをお手伝いするのは当然のことです。ですが、バフィ捜査官にも、我々を遣わせて下さった神に対して少しばかりの奉仕の気持ちを持っていただけると嬉《うれ》しいのです」

ロベルトは、にっこりと笑ってジュワンニを見た。

「ど、どういうことです？」

目をぱちくりさせているジュワンニの横でビルが、ひそっと笑った。

「ようするに神父様方のお願いを少し聞きなさいということだ。そうすれば神の大きなご加護が得られる」

ビルが言うと、ジュワンニは、こくこくと頷いた。

2

ロベルトはジュワンニ捜査官とともに、テレーザの父、プッチーノ・ゼッティを訪ねていた。

「プッチーノ・ゼッティさんのお宅ですね。私はイタリア秘密警察の捜査官、ジュワンニ・バフィです」

プッチーノが玄関先に出ると、ジュワンニは声を上擦らせながら言った。

「なっ、なんですか一体？」

プッチーノは驚いた表情である。

ロベルトは身分証明書を居丈高に掲げたジュワンニを制した。

「三十二年前の事件のことで、新しい事実が分かったのでお知らせに来たのです」

ロベルトが言うと、プッチーノの顔色が変わった。

「三十二年前、カルロ・ゼッティが森で首切り道化師によって殺された事件。その事件現場の森に、首切り道化師の装束や、被《かぶ》っていた帽子の痕跡が確認されました。深く掘られた穴の中です。そしてその穴の中には、人の毛髪が数本。すでにDNA鑑定にかけられています」

ジュワンニがロベルトが制するのを振り切るように、たたみかけて言う。

「なんのことだ、私は知らん！　帰ってくれ！」

プッチーノは顔を真っ赤にして怒鳴ると、ドアをバタンと閉めた。

ロベルトはジュワンニ捜査官を睨《にら》みつけた。

「バフィ捜査官。少し静かにしてもらえませんか？　警察のことはよく分かりませんが、そんな物の言い方では、人の心を開かせることは出来ません。僕に任せて下さい」

ジュワンニは、しゅんとしたように頷いた。

「すいません。こういうこと僕新入りなので初めてで……」

ロベルトは、溜息《ためいき》を吐き、ゼッティ家の扉を叩《たた》いた。

「ゼッティさん、いいのですか？　もう警察はカルロの殺害はアントーニオと貴方《あなた》の娘であるテレーザさんの仕業だと読んでいます。すぐにDNA鑑定からその物証も出てくるでしょう。このまま貴方が口をつぐめば、テレーザさんは婚約中にも拘《かか》わらず他の男に目移りし、その男と共謀して婚約者を殺した極悪な女性として扱われるでしょう。勿論、テレーザさんは亡くなっていますから、その罪をいまさら問われることはない。しかし、貴方はそれで良いのですか？　この三十二年間、貴方は沈黙を守ってくるのが相当に辛《つら》かったはずです。そして罪を犯したまま償うことなく死んだテレーザさんの魂も浮かばれていないことでしょう。何か語って下さい。どうしてテレーザさんのような良い娘さんがカルロを殺害するに至ったか。神の御前でテレーザさんとともに告解するのです。そうすれば貴方の心もテレーザさんの魂も救われるのです」

暫く沈黙があり、ゼッティ家のドアが、ぎっと開いた。

立っていたプッチーノの目は涙とともに赤く充血していた。

「私が告解すれば、娘の魂は救われますか？」

プッチーノがロベルトに訊ねた。

「告解によって、全ての罪は贖《あがな》われます」

ロベルトは頷《うなず》いた。

プッチーノはロベルトとジュワンニをリビングに招き入れ、古びた椅子に座らせた。

それから自分はパイプで煙草を吹かしながら、壁に貼られているテレーザの写真を眺めた。

「テレーザは本当に良い子でした。明るくて、優しくて、気丈で、親思いの娘でした。チアリーダーをしていた娘は男友達からも注目される子で、引く手数多《あまた》だった。それが、どうしてカルロなんかとの婚約を許してしまったのか、今でも悔やまれます……」

プッチーノは深い溜息を吐き、古木のような年輪の刻まれた顔に、ぎゅっと皺《しわ》を寄せた。

「あの事件がある一週間前でした。テレーザはカルロに別れ話を持ち出し、酷《ひど》い暴力をうけたのです。カルロは、あの男は卑怯《ひきょう》な男で、傷跡が見えない場所にばかり暴行を振るっていました。その日たまたま、私はテレーザの様子がおかしいことに気づいて、ようやくその話を聞き出したんです。そして、以前に何度かテレーザが顔を腫らしていたのも、転んでケガをしたのじゃなく、カルロにやられたんだと知ったのです。私が『婚約の話は破棄すると言ってくる』と上着を着たとき、テレーザが止めました。そんなことをしたら、カルロが何をするか分からないし、私の村での身の置き所がなくなると言いましてね。確かにそれはそうなんです。カルロの実家に刃向かったら、この村では村八分になります。その時、躊躇《ちゅうちょ》した私が悪かったんです。テレーザは十分に追い詰められていたというのに、私はそれを見抜けなかった……」

「そんなテレーザさんをアントーニオは慰めて相談に乗っていた……」

「ええ、今、思えばアントーニオです。その頃から頻繁に、テレーザが電話でこそこそと内緒話をしている様子を見ました。勿論、こちらも隠れて様子を窺《うかが》っていたんですが……。それからカルロが森で殺害されました。私はもしやと思いテレーザを問い詰めました。そしたらテレーザが告白したんです。カルロに、『俺と別れるなら殺してやる。そしてお前のうちに火をつけてやる』と度々、脅され、もうどうしようもなかったのだと。そして同情したアントーニオが、自分がカルロをなんとかすると言って、殺人の計画を立てたのだとね……。私はその話を聞いて、金輪際、誰にもこのことは秘密にしようと思ったんです。なのにテレーザはあんな死に方をしてしまった。天罰なのでしょうか？　娘は、テレーザはそんなに悪いのですか？」

　プッチーノは縋《すが》り付くような目をしてロベルトを見た。

「ゼッティさん。殺人自体は、たとえ何があったとしても、十戒の教えに背く大罪です。ですが、不運故にその罪を犯してしまう人達は大勢います。テレーザさんは不運だったのです。だが、その不運は殺人まで犯すだけの不運ではなかったのかもしれない。他にいろいろと方法があったのかもしれない。テレーザさんの過ちはそれだけです。ですが、その罪を悔やみ、神に告白するのであれば、神は全ての人を赦《ゆる》します。ゼッティ……、いやプッチーノさん、そしてテレーザさんの罪は、今ここにおいて赦されました。神よ二人の魂に栄光をもたらされんことを心より祈ります。アーメン」

ロベルトが十字を切ると、プッチーノは嗚咽《おえつ》を漏らした。

ジュワンニは慌てて横で十字を切ると、プッチーノの元に近寄った。

「ゼッティさん、詳しい証言を警察でしてもらえますね」

プッチーノは深く頷き、ジュワンニに抱えられるようにして家を出て行く。

ロベルトは軽い溜息を吐き、セント・エリギウス教会への帰路に就いた。

その日、エルロワ農業研究所はすっかり封鎖され、大勢の刑事達が中に出入りしていた。

そして地下都市で囚《とら》われていた人々が、救急車でどこかの病院へと移送されていったようだ。

そんな騒ぎの間も、セント・エリギウス教会では毎日繰り返されてきたのと同じ生活が営まれていた。

そう、神父達は何をどうしていいのか分からないのだ。ただ毎日を慣習に則《のっと》って過ごしているだけである。

ロベルトは、ふと、そんな神父達の姿を見て、あの地下都市の囚人達と彼らは、何も変わらないのではないかと思ったりもした。

神の囚われ人と悪魔の囚われ人。

一体、どちらが幸福なのだろう？

翌日、いつもどおり、礼拝が行われた。

キリスト像は変化したが、誰ももうそのことに歓喜はしていない。

礼拝の直後、ビルとジュワンニが教会を訪れた。

その時、平賀が立ち上がり、時計を見た。

「今日は、皆様がご存知のように、角笛の奇跡と光の奇跡はありませんでした。ですが十一時丁度に、奇跡が起こるはずです。あと十二分ほど、待っていて下さい」

平賀が、ビル捜査官とジュワンニ捜査官に目配せをしている。

ジュワンニは携帯電話を取って、「準備時間十二分。十二分後きっかりに機械を作動させるように」と言った。

どうやら自分が知らない内に、平賀と捜査官達がサプライズを用意してくれているようだ。

ロベルトは自分の時計を眺めて、その時を待った。

十一時丁度。

おおおおーん。

角笛が鳴り響いた。それが五回鳴った辺りから、広間に虹《にじ》色の輝きが現れる。

しかしそれらは歓喜ではなく、緊張感の中で起こっていた。

「はい、もう結構です」

平賀が言うと、ジュワンニが携帯を再び取って、何か大声で指図した。

それと同時に、角笛の音はぴたりと止んだ。

「みなさん、今のは実験です。実はこの教会のすぐ裏手の地下で、偽札を刷る巨大な機械とベルトコンベアーが作動していました。それを、今、作動させてもらったのです」

平賀が言うと、ヨブ神父が手を挙げた。

「それはどういうことなのですか？」

「みなさんは共鳴現象という言葉をご存じですか？　物には固有振動数というものがあります。物はそれ自体が持つ固有振動数に近い外圧を受けたときに、驚くべき振動現象を起こします。例えば、学生時代に、音叉《おんさ》の実験をしませんでしたか？　二つの音叉を用意し、一つの音叉を鳴らすと、もう一つの音叉がなにもしないのに振動して鳴り始めるといった実験です。これは二つの音叉の固有振動数が隔たっていると起きず、近くなればなるほど顕著に表れます」

「すいません、仰《おっしゃ》っていることがよく分からないのですが……」

ジュワンニが申し訳なさそうに言った。

「単純に言えば、地下で鳴っている機械音の振動数が、この教会全体の固有振動数に限りなく近いのです。ですから、音叉と同じように、地下で機械音が鳴り始めると、この教会全体が共鳴して、角笛のような音が鳴っていたのです。勿論《もちろん》、これは偶然でしょう。誰もこの教会の固有振動数など測った者はいないでしょうから。ですが偶然にもそういう現象が起きてしまった。そこで、この現象が大きな話題となって研究の的になる前に奇跡のベールを被《かぶ》せてしまえということで、キリスト像に色の変化する塗料を付着させたというわけです」

平賀が淡々とした表情で語った。

「だとすると、光の奇跡はなんなのです？」

アブラハムが訊《たず》ねた。

「コカインです」

平賀が、きっぱりと言った。

「コカイン！」

皆が顔を見合わせた。

「今、私たちが吸っている空気中に——教会の振動とともにわき出た埃《ほこり》の中に、コカインが含まれているのです。そして教会が振動することによって、教会と接する地面が八Hzの超低周波を流します。これも脳に異常な現象を起こさせる原因となっているのです」

「コカインなんてこと知らなかった！　一体、何処《どこ》にあるのです？」

ジュワンニが叫んだ。

「それは僕達も知らないんだ。それを調べるのは、バフィ捜査官、貴方《あなた》でしょう？」

ロベルトは、ジュワンニを振り返った。

ジュワンニは思いっきり頷くと、携帯を手に取った。

「今すぐ、十名の捜査官を追加。教会内のコカインのありかを調べる」

ジュワンニの顔は興奮で赤くなっている。

平賀やロベルト、そして神父達は教会を暫《しばら》く離れていることを余儀なくされた。

神父達は、どうやら地元に親族がいるアブラハムのところに行ったようである。

平賀とロベルトは、村の商店街のカフェで、エスプレッソを飲んで時間を潰《つぶ》していた。

「共鳴現象とは恐れ入ったね」

「ええ、私もあの地下での出来事を見なければ、確定できませんでした」

「ところで共鳴っていうのは、場所が離れていてもああも激しいものなのかい？」

「縮尺から見てみれば、地下の施設と教会の関係は、バイオリンの弦と、胴体ほどの距離の差しかありませんよ」

「なんと、あの教会は一種の楽器と化していたのかい？」

「まあ、そんなところです」

平賀はエスプレッソを飲みながら、にこりと笑った。

「けど、他の建物には振動すら伝わってなかったようじゃないか」

「それが固有振動数の神秘です」

「そんなものなのかい？」

「ええ、そんなものです」

「それにしても、八Hzの超低周波っていうのは、人体を破壊するとか言っていたけれど、どれぐらい強力なのかい？」

「それに関しては、色々と意見はありますけれど、最初の始まりは第二次世界大戦中のナチスドイツでの研究だったらしいです。音で人を殺すことが出来るかという……」

「出来たのかい？」

「出来たと噂されています。論理的には百デシベル以上の音圧で八Hzの音を浴びせられると、人体は内臓から破裂して粉々になります。要する時間は二十分程。脳に影響が出るのは三分程です。ですが、この研究は頓挫《とんざ》しました。兵器に使おうにも、味方にも支障が出てしまいますから」

「そんな音の上に座っていたなんておっかないな」

「ええ、でも三十五デシベルなら、多少、感覚器官に支障をきたす程度でしょう。異常知覚が生じるということです」

「それがコカインの幻覚を助長したというわけか」

「あくまで仮説ですけれどね」

ロベルトは強い日差しに目を細めた。

「お腹が空《す》いたな。ジェノベーゼでも頼もうか？」

「ええそうですね。私も同じもので」

ロベルトは店員に注文をして、二人は軽く昼食を摂《と》った。

その時、カフェのドアを開けてビルが入ってきた。

「神父様方、コカインが押収されましたよ」

「何処《どこ》にあったのです？」

ロベルトは訊ねた。

「教会の広間のいたるところの換気口の中に、トウモロコシの袋に詰めて隠してありました。袋は鼠に食いちぎられて、ぼろぼろでした」

ビルが答えた。

「なる程、それで教会が振動することによって、コカインが舞い散り、換気口から広間に流れ込んでいたというわけですね」

平賀は納得した顔で言った後、瞳《ひとみ》を瞬かせた。

「大変だ。忘れていました……」

「何をだい？」

「トロネス司祭が何故、牛小屋で凍死体で見つかったかということをバフィ捜査官に説明するのをです」

「それは私がお聞きして、彼に話しておきましょう」

ビルが二人の間の席に座った。

「私が推論するに、トロネス司祭は、まだら服の道化師が少年を殺したところを目撃して、大変な恐怖にかられ、教会から逃亡した。おそらく夜明けまで、どこかに潜んでいたのでしょう。そして司祭は、朝になると、あっちっちの井戸に向かった。悪魔を封印する為にです。そして魔方陣を描いた。しかし、司祭の心中の恐怖はそれだけでは収まらなかった。

ロベルト、貴方の言った通り、トロネス司祭は、まさに飛んで遠くに逃げたかった。そしてそれを決行したのでしょう」

「というと？」

ビルが身を乗り出した。

「トロネス司祭は、その時、殆《ほとん》どお金を持っていなかったと思われます。きっと司祭は列車でローマに行き、ローマ空港から密航して外国に逃げようとした。貨物に紛れ込み、滑車の開口部から飛行機の中に身を潜めたんです。しかし司祭は知らなかった。貨物庫は飛行機が最高高度になるとマイナス五十度を割り込む寒さだということを。司祭はローマ発、パリ行きの便の中で、その寒さの為に凍結死したんです。だが、皮肉にも飛行機は機体トラブルでリヴォルノの空港に緊急着陸した。その時、凍結した司祭の遺体は、他の貨物のように固定されていませんから、遠心力やら重力やらでずるずると移動して、飛行機が着陸の為の車輪を出した時に、その開口部から下に落ちてしまったと考えられるのです。トロネス司祭が発見された牛小屋と飛行場は二十キロ未満なのではありませんか？　普通、車輪はその辺りで出てきますから」

平賀が訊ねると、ビルは携帯電話を取り出した。そしてジュワンニと思える相手と話をしている。携帯電話を切り終えると、ビルはガッツポーズを取った。

「ビンゴですよ。神父様。牛小屋は飛行場から十二キロ辺りのところにあるそうです」

「あくまでも仮説なので、あとは慎重に検証してみたほうがいいと思います」

平賀は冷静に応じた。

「しかし、分からないのは誰がコカインを教会などに隠したかということですね」

ビルが歯がゆそうに言った。

「奇跡の謎は解けたものの、その点は確かに僕達もハッキリと知りたいところです。それに地下にいた人々の今後も心配です。もし捜査で分かったことがあれば、時間のある時にでも教えてもらえたら嬉《うれ》しいです」

ロベルトが言うと、ビルは勿論《もちろん》という顔で頷《うなず》いた。

エピローグ　主よ全てのものを許し給え

あれから一週間が経過した。

バチカンの中は平和なもので、日々、神に祈る巡礼者達が訪れている。

聖人達の像も温かく人々を迎え入れ、祝福していた。

平和のシンボルである鳩が、空に群れ、サンピエトロ大聖堂は荘厳な面持ちで屹立《きつりつ》している。

神をたたえる声が、街のあちこちで囁《ささや》かれ、神父達は互いに寡黙な挨拶《あいさつ》を交わす。

朝のミサが終わった後、サンピエトロ大聖堂で一人祈り続けている平賀の横にロベルトは座った。

平賀は毎日、少しでも時間があれば弟の良太の為にこうして祈っているのだ。

ロベルトもともに祈った。

二十分程度の祈りを終え、平賀は大きく深呼吸をして、ロベルトを振り向いた。

「私が信仰を捨てたくないというのは、自分のエゴかもしれません」

「ジュリア司祭が言ったことを気にしているのかい？」

「多少は……」

平賀は小さく頷いた。

「全く、悪魔の手先というのはこれだから質《たち》が悪い。そうやって後悔させるのも奴らの手段だよ。気にするんじゃない、君は正しい選択をしたんだから」

「……そうですよね。どんなに考えたって、ガルドウネに入ろうとは思わなかったでしょう。悪魔は確かに気前よく私達の望むものを与えてくれるのでしょうが、大事なものを奪っていきます」

「大事なもの？」

「ええ、魂。心です。私はジュリア司祭のような心の無い人間にはなりたくありません」

「ふむ。そうだね。それならばもういいじゃないか。選択の余地はなかったんだ」

「ええ……」

その時、後ろからかつかつと力強い足音が響いた。

振り向くとビルが立っていた。

「平賀神父、ロベルト神父、お久しぶりです」

「まだイタリアにいたのですか？」

ロベルトが訊《たず》ねると、ビルは二人の隣に座りながら答えた。

「ようやく事件が解決しましてね。私は夕方の便でアメリカに帰国します。その前に神父様方に報告をしなければならないと思いまして」

「それはご丁寧に。それにしてもよくあの時、ギリシャ語のアルファベットが分かりましたね」

「言ったでしょう、私は敬虔《けいけん》なカソリックだと。ラテン語にもギリシャ語にも幼い頃から興味はありました。でもギリシャ語は数個の単語と、アルファベットが分かるくらいですけど。それより、実は教会にコカインを隠した人物が絞り込めました」

「誰だったんです？」

「ロドリゲス・ダ・ビンチ。カルロ・ゼッティの悪友ですよ。ロドリゲスの愛人だったフィオリータ・コールドウエルなる女性をバフィ捜査官が見つけ出して、事情を聴取できたのです」

「どんな内容でしたか？」

「どうやらロドリゲスは、カルロから例のホラー映画制作の話を聞いていて、ドメニカに盛るコカインを調達した本人らしいです。ロドリゲスはカルロを殺したのはアントーニオとテレーザだと目星をつけていて、そのことで長年、彼らを脅していた。ロドリゲスは麻薬の運び屋と仲介業をしていたらしく、アントーニオ、つまりトロネス司祭を恐喝して、教会を麻薬の倉庫代わりや、取引場にしていたんです。ど田舎の教会がまさかそんな風に使われているとは誰も思わないでしょう。ロドリゲスはそうやって安心して商売をしていき、マフィアからも信頼を厚くしていった。勿論、マフィア達には、彼がどうやって麻薬を安全に操作しているのかは内緒のようでしたがね。ロドリゲスが車で崖《がけ》から落ちた日の前に、今回は特別、大きな取引があると話をしていたそうです。しかしロドリゲスは亡くなってしまい、マフィア達はフィオリータ・コールドウエルの元に来たそうです。フィオリータ・コールドウエルはブッは教会にあるはずだと言ったそうですが、教会を訪れたマフィア達は、トロネス司祭に『ロドリゲスから預かっている物は何もない』とはねつけられてしまった。そこでマフィア達はロドリゲスが麻薬を着服したのではないかと疑い、フィオリータ・コールドウエルを脅し始めた。それで彼女は怖くなってモンテ村から夜逃げをしたと言っていましたね」

「なる程……。それで全てが繫《つな》がりますね。そういえば、プッチーノ・ゼッティが、ロドリゲスが死んだ年は教会でよく鼠の死体を見たと言っていた。さてはその時に隠されたまま放置された麻薬を、食料と勘違いして齧《かじ》った鼠が沢山死んだのでしょうね」

「そういうことでしょう。あと地下から押収された金塊は、一本百万ドル程度のものが五十本。つまり五千万ドル相当でした。偽ドルはまだどのくらい刷られて、ばらまかれたのか予測できません」

「五千万ドル相当ですか……。きっとあそこにはその何百倍もの金塊があったに違いありませんね」

「ええ、坑道の調査は始まったばかりですが、極めて大規模な坑道のようです。きっと沢山の金鉱脈があったのでしょう。ですがその金の流れを追うことは難しそうです」

「教会が絡んでいるからですか？」

初めて平賀が口を開いた。

ビルは難しい顔で頷いた。

「ええ、それに教会だけじゃありません。社会福祉法人などの名も挙がってきています。教会も社会福祉法人も、寄付という名目で金を動かされては、我々にとっては、非常に尻尾《しっぽ》が掴《つか》みにくいのです。それに悪いニュースがあります」

「悪いニュースとは?」

「政府が秘密にしてきた今回の偽札のことが、メディアにリークされたのです。勿論、それもガルドウネの仕業でしょうがね。政府は報道規制に必死になっていますが、時間の問題で世に知れ渡るでしょう」

「全てはガルドウネの思う壺《つぼ》ですか……」

平賀が珍しく厳しい表情をした。

「そうでもありません。彼らの動きを察して、今後予測できる経済テロを封じ込めるための特別委員会を作るべく大統領が指示を出しました。各国にも協力を求める姿勢です。それで少しは、彼らの筋書き通りになることは避けられると思います」

「それがうまくいけばいいですね」

ロベルトは言ったが、千年の長きにわたって錬金術を研究し、実践し尽くしてきたガルドウネの動きを防ぐことは難しいだろうと思っていた。

アメリカ政府が動き出すことなど、ガルドウネも計算済みであろう。

「それから地下に囚《とら》われていた人々ですが、みな、病院で身体検査などを受けた後、独立した戸籍を作るように国が動くようです。生活するにあたっては障害者への特別手当を支給していくとか。彼らもやっと自由になれたわけです。ただ、救出された人々の中には初めての外の世界に恐れを抱き、地下に帰してくれと言い出す者もいる有様なのです。精神的にも身体的にも地下生活を強いられてきた人々を本当の意味で自由にすることはかなり難しそうです」

「彼らは一体どんな生活をさせられてきたのでしょう？」

ロベルトは訊ねた。

「まだ詳細は分かっていませんが、番人達によって作られた地下神殿を中心とする特殊な世界観の宗教を信じていたようです。意図的にでしょうか、八百年近く前から彼らには一切、新しい物は見せられず、知ることもなく、全く単調な同じ生活を続けてきたようです。心理学者によればそういう環境が、彼らから思考力を奪う原因になったということです。彼らにとって色のある外の世界は、そうですね、まるで私達からすればエデンの園のようなもので、理想として語られることはあっても、実際に行けるはずのない世界のように信じられていたようです。また彼らの平均寿命は三十代半ば程度だとか。分かっているのはこれぐらいなことで、まだまだ地下の人々の生活の解明には時間がかかるでしょう」

「そうですか。ガルドウネの残酷な実験による被害者達です。私たちも時に役立てるように心にかけておこうと思っています」

「ええ、是非そうしてください神父様方。では私はこれで」

「神のご加護を」

ビルは平賀とロベルトに手を組んで頭《こうべ》を垂れると、去っていった。

「ロベルト。ガルドウネはお金で世界を支配出来ると思いこんでいるようですが、そこが彼らの大きな過ちだと思うのです」

「ふむ。しかし資本主義が大半を占めるこの世界では、お金でそこそこ世界は支配できるかもだ」

「私はそうは思いません。キリストは人々が税金徴収人に対して文句を言っていた時に言われました。『シーザーのものはシーザーに返しなさい。神のものは神に返しなさい』と。それに『金持ちが天国に入るのは、らくだが針の穴を抜けるより難しい』とも言われるではありませんか」

「そうだね。確かに……」

「ガルドウネ達は、一見、何かの信念を持っているように見えますが、その実態はこの世の欲を追いかける亡者です。欲は果てしなく、尽きることはありません。彼らは、決して満足の出来ないこの世と、地獄行きのあの世しか手にしてはいません」

「今のは名言だ」

ロベルトは頷《うなず》いた。

そうして二人は『聖徒の座』へと向かった。

二人は各自のデスクに座る暇もなく、サウロ大司教の部屋へと呼ばれた。

サウロ大司教は二人の顔を見ると、珍しく大きく笑った。

温厚な顔立ちのサウロ大司教が笑うと、サンタクロースそのものである。

「二人に良い知らせがある。二人とも今までの教会の恥の暴露と、教会への貢献が認められ、その二つを天秤《てんびん》にかけた結果……、叙階の秘跡によって君たちを修道助祭とすることに内定した」

平賀とロベルトは驚いて顔を見合わせた。

「平賀は分かりますが、僕も……ですか？」

「当然だろう。二人で見事な働きをしてきたのだから。教会にとっては痛し痒《かゆ》しではあったがな」

「僕は父のことがありますからてっきり……」

「てっきり昇階は無いと思っていたのかな？」

「はい」

サウロは目を光らせた。

「バチカンの中には君のような者への敵もいるが味方もいるんだ。確かに一部は腐敗している。しかし、善意ある聖職者も大勢いる」

それを聞いて、ロベルトは心の重荷が溶けるような気がした。

「サウロ大司教。先ほど、サスキンス捜査官に会いました。そこで彼からガルドウネが教会を通じて資金を動かしていると聞きました。バチカンは何か出来ないのですか？」

平賀が真剣な瞳《ひとみ》で訊《たず》ねた。

「平賀神父。教会は刑事捜査に手を貸す必要はない。教会は罪を赦《ゆる》す場所で、罪を追及する場所ではないのだ」

「確かにそうですが……」

平賀は口籠《ご》もった。

「君達が教会内部にも腐敗があることに痛む気持ちを持っていることはよく分かっている。確かに教会の中には不埒《ふらち》な聖職者も多いだろう。だが、その全てを受け入れて赦すのだ。私は、かつて君達に言ったことがあるはずだ。教会はたとえ形骸《けいがい》化していようとも、よりよく生きようとする人々と神との架け橋であることができる。たとえ教会がどんなに悪魔に蹂躙《じゅうりん》されていたとしても、そこに一条の信仰の光があれば、神は敵を砕いて下さると」

「ええ、確かに言われました」

「悪魔が人間にもたらす七つの大罪——奢《おご》り、強欲、好色、暴食、嫉妬《しっと》、怠惰、憤怒——これらのものはどんな人間にも少しは備わっていて、それらがこの世の悪しきこと——戦争、飢え、貧困、犯罪などをもたらしている。純粋、完全な聖なる物は、実はこの世には存在しないだろうと私は考えている。たとえそれが教会であってもだ。だが、我らはそのような教会を赦さなければならない。何故なら、人々が求める聖なる物が、その形をして、そこにあるから、人々もまた大罪を恥と思い、良き行動を取ろうとする。そうした気持ちがなければ、キング牧師やマザー・テレサやマハトマ・ガンジーもこの世に存在しなかっただろう。教会の罪が暴かれるときが自然と来たら、それはそれで良い。しかし、我らは主イエス・キリストを模して、赦《ゆる》しと慈悲の心を人々に注がなくてはならない。それは同じ聖職者に対してもだ」

「そうですね。そうでした。私は初心を忘れていたのかもしれません。私はつい、ある人物に対して怒りを覚えていました。でも、もう赦そうと思います」

平賀は静かな声で言った。

ある人物とはジュリアのことに違いないとロベルトは思った。

「それでよろしい。君達は昇階によって、さらなる神の試しを受けることになるだろう。心を引き締めてかからねばならない」

「はい」

二人は同時に答えた。

そして、この世の悪を昇華していくような清らかな鐘の音が響き始めた。

窓の外には、このろくでもない悪しき世の中で、神を信じ、手を合わせ、十字を切る人々が満ちあふれている。

「私は必ず奇跡があるということを証明してみせます」

平賀が覚悟したように言った。

平賀らしい信仰心の示し方だ。

「では、僕は古文書を解読して、大天使を呼び出す方法を発見するよ」

ロベルトは言った。

だが、本当はそんな必要などない。何があっても自分を赦し、真実へと導いてくれる大天使は自分のすぐ側にいるのだ。

そして祈る人々がいる限り、世界はまだまだ救われる可能性がある。

七月前のバチカンは、信仰の熱波で、ゆらゆらと陽炎《かげろう》を立ち上らせていた。

本書は文庫書き下ろしです。

バチカン奇跡調査官《きせきちょうさかん》　闇《やみ》の黄金《おうごん》
藤木《ふじき》　禀《りん》

角川ホラー文庫　16701

平成23年2月25日　初版発行
令和7年5月30日　14版発行

発行者——山下直久
発　行——株式会社KADOKAWA
〒102-8177　東京都千代田区富士見2-13-3
電話 0570-002-301（ナビダイヤル）
印刷所——株式会社KADOKAWA
製本所——株式会社KADOKAWA
装幀者——田島照久

●お問い合わせ
https://www.kadokawa.co.jp/（「お問い合わせ」へお進みください）
※内容によっては、お答えできない場合があります。
※サポートは日本国内のみとさせていただきます。
※Japanese text only

◆◇◇
ISBN978-4-04-449804-7　C0193

角川文庫発刊に際して

角川源義

第二次世界大戦の敗北は、軍事力の敗北であった以上に、私たちの若い文化力の敗退であった。私たちの文化が戦争に対して如何に無力であり、単なるあだ花に過ぎなかったかを、私たちは身を以て体験し痛感した。西洋近代文化の摂取にとって、明治以後八十年の歳月は決して短かすぎたとは言えない。にもかかわらず、近代文化の伝統を確立し、自由な批判と柔軟な良識に富む文化層として自らを形成することに私たちは失敗して来た。そしてこれは、各層への文化の普及滲透を任務とする出版人の責任でもあった。

一九四五年以来、私たちは再び振出しに戻り、第一歩から踏み出すことを余儀なくされた。これは大きな不幸ではあるが、反面、これまでの混沌・未熟・歪曲の中にあった我が国の文化に秩序と確たる基礎を齎らすためには絶好の機会でもある。角川書店は、このような祖国の文化的危機にあたり、微力をも顧みず再建の礎石たるべき抱負と決意とをもって出発したが、ここに創立以来の念願を果すべく角川文庫を発刊する。これまで刊行されたあらゆる全集叢書文庫類の長所と短所とを検討し、古今東西の不朽の典籍を、良心的編集のもとに、廉価に、そして書架にふさわしい美本として、多くのひとびとに提供しようとする。しかし私たちは徒らに百科全書的な知識のジレッタントを作ることを目的とせず、あくまで祖国の文化に秩序と再建への道を示し、この文庫を角川書店の栄ある事業として、今後永久に継続発展せしめ、学芸と教養との殿堂として大成せんことを期したい。多くの読書子の愛情ある忠言と支持とによって、この希望と抱負とを完遂せしめられんことを願う。

一九四九年五月三日

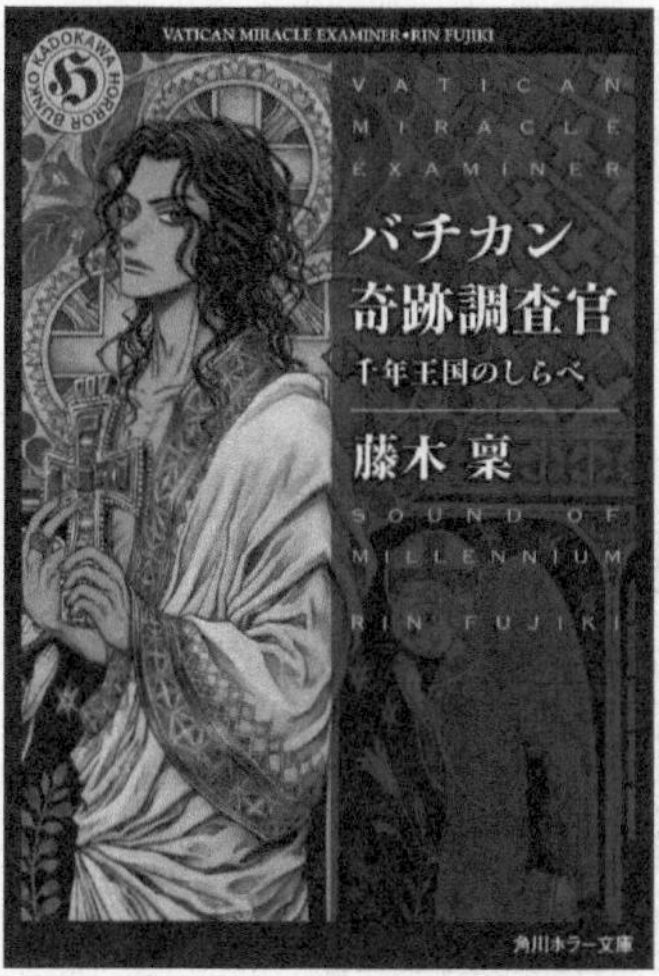

バチカン奇跡調査官

千年王国のしらべ

藤木 禀

汝《なんじ》、蘇りの奇跡を信じるか？

奇跡調査官・平賀とロベルトのもとに、バルカン半島のルノア共和国から調査依頼が舞いこむ。聖人の生まれ変わりと噂される若き司祭・アントニウスが、多くの重病人を奇跡の力で治癒したうえ、みずからも死亡した3日後、蘇ったというのだ！　いくら調べても疑いの余地が見当たらない、完璧な奇跡。そんな中、悪魔崇拝グループに拉致された平賀が、毒物により心停止状態に陥った——⁉　天才神父コンビの事件簿、驚愕の第4弾！

角川ホラー文庫

ISBN 978-4-04-449805-4